KB242516

파란
파란

파란 파란

유지현 장편소설

창비

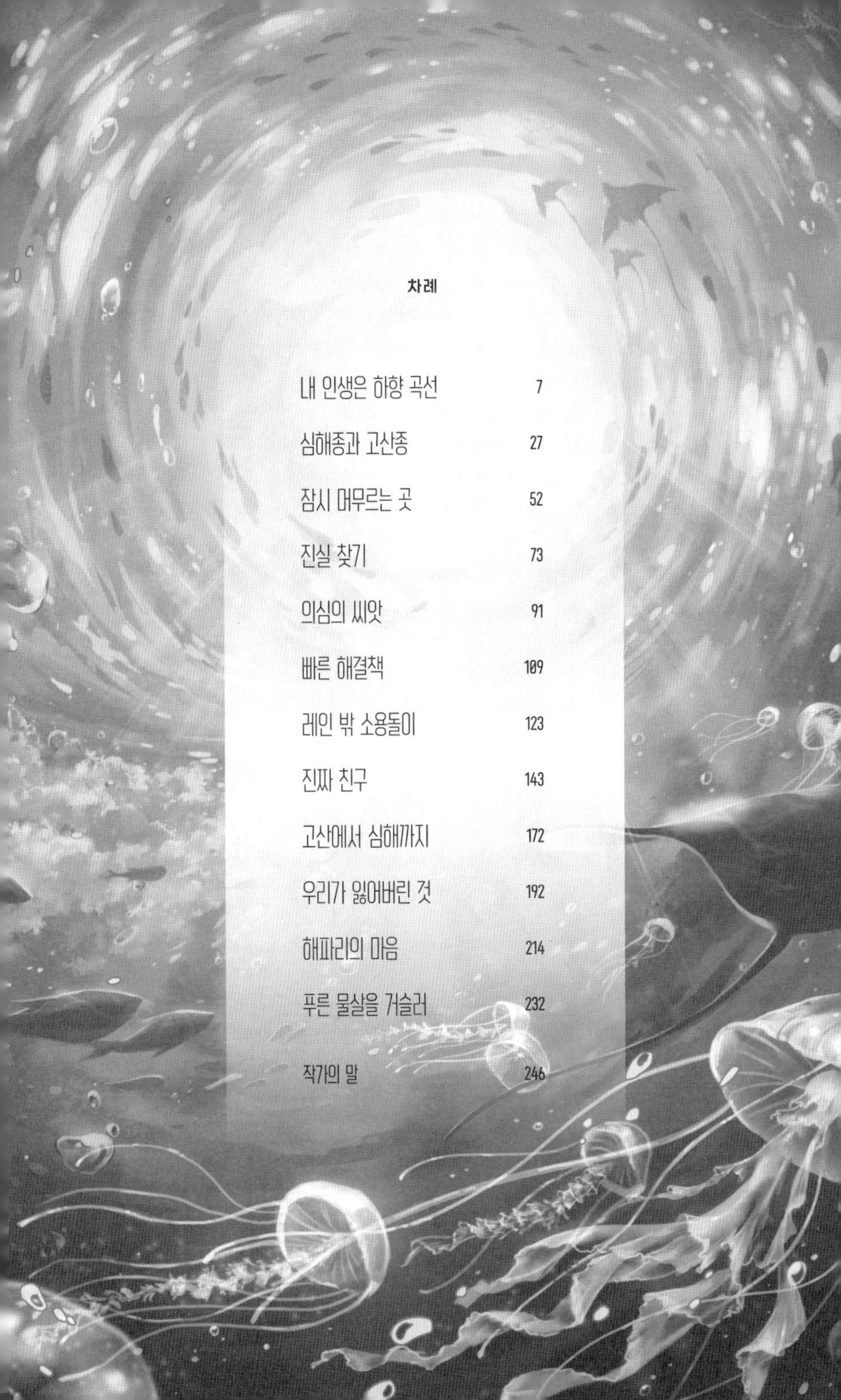

차례

내 인생은 하향 곡선

거센 물살이 나를 떠밀었다. 나는 밀려나지 않으려고 온몸에 팽팽하게 힘을 주면서 더 강하게 발을 굴렀다. 경사가 가장 가파른만큼 어느 때보다 많이 힘써야 하는 구간이었다. 어깨부터 팔까지 뻐근하게 당겨 왔다. 곧 레인의 가장 높은 곳에 다다른다.

관객석에서는 레인이 반지를 세워서 들여다보는 듯 평면적인 동그라미로 보이지만 직접 들어와서 보는 풍경은 완전히 다르다. 소용돌이만으로 만들어진 레인, 그리고 그 안은 깊고 긴 터널과 같다. 문제는 내가 터널의 한쪽 입구에서 다른 쪽 출구로 통과하는 것이 아니라, 터널의 내벽을 타고 원을 그리며 한 바퀴 돌아야 한다는 거였다. 그것도 물살과는 반대 방향으로.

레인에서는 생활 수영을 할 때보다 훨씬 강한 힘으로 나아가야 한다. 이곳은 외부 바다의 해류만큼 거칠게 휘몰아쳤고, 나는 어떻게든 한 바퀴를 완주하기 위해 애쓰고 있었다.

이번 훈련 기록이 곧 있을 시 대회 예선 결과나 다름없었다. 지금 제대로 된 모습을 보여 주지 못하면 선수 생활은 앞으로 어떻게 될지 모른다. 최근의 나는 선수로서 최악이었으니 어떻게든 능력을 증명해야만 했다.

'제발, 조금만 더.'

아직 꼭대기에 도착하지도 않았는데 팔다리가 처지는 게 느껴졌다. 이런 일은 처음이었다. 억지로 팔을 돌려 보았지만 소용없었다. 몸이 나아가는 힘보다 밀려나는 힘이 더 강했고 손끝에 덩어리처럼 감겨들던 물결이 흩어졌다. 나는 끝까지 버티려 애썼다. 호흡이 흐트러지고 심장이 미친 듯이 뛰었다. 그러더니 한순간, 맥이 탁 풀리면서 정신이 흐려졌다.

아, 이대로 지겠구나. 다른 것도 아닌 물에게. 무엇보다도 익숙하고 만만하던 물에게 말이다.

나는 문득 고개를 들었다. 어지럽게 돌아가는 레인 사이에도 고요한 공간이 있다. 원의 테두리만을 따라가야 하는 선수들이 지나갈 일 없는 곳. 유일과 유이는 도넛 홀이라 하고, 우주는 태풍의 눈이라 하고, 운하는 그냥 빈 곳이지 웬 이름이 필요하냐고 묻는 그 부분. 나는 우주의 표현을 따라서 그곳을 '레인의 눈'이라고 불렀다. 바로 그 레인의 눈이 어지럽게 일그러져 보였다.

머리 위로 운하의 뒷모습이 어룽거렸다. 운하는 빠르고 매끄럽게 물살을 가르며 레인의 가장 높은 곳을 지나가고 있었다. 잠깐 시선이 닿았을 뿐인 짧은 순간에 운하의 모습만큼은 느리게 움직이는 것 같았다.

내가 더는 움직이지 않고 있었다는 걸 깨달은 동시에, 소용돌이로 이루어진 동굴의 벽을 뚫고 바깥으로 튕겨 나오고 말았다. 나는 몇 번을 회전하다 어딘가에 등을 세게 부딪힌 뒤에야 멈췄다. 나의 몸에 딸려 나온 공기 방울이 일제히 피어올랐다.

"악! 으윽……."

충격에 놀라기도 잠시, 둔탁한 고통이 찾아왔다. 몸을 펴지 못하고 끙끙 앓는 나에게 코치님과 대기하던 아이들이 황급히 다가왔다.

"모파, 괜찮아?"

"어? 어, 어어."

눈앞이 어질어질했다. 등이 쪼개지기라도 하는 듯 아팠다. 괜찮냐는 질문에 대답은 했지만 사실상 얼빠진 소리에 가까웠다. 나는 그대로 주저앉아 한참 심호흡하다가 간신히 고개를 들었다. 지금 보니 코치석 모서리에 제대로 부딪힌 모양이었다.

모두의 시선이 나에게 집중되어 있었다. 놀란 얼굴을 한 코치님과 심해수영부 애들, 저 멀리 관객석에서 벌떡 일어나 나를 바라보고 있는 우주, 그리고 코스를 누구보다 빠르게 돌고 나오다가 주변 분위기가 이상하자 의아해하는 운하.

나는 굽혔던 몸을 억지로 펴 보이며 금방 나아질 거라 했지만, 코치님에게 붙들려 곧장 병원으로 이동하게 되었다. 아무 문제 없다고 몇 번이나 말해도 소용없었다. 코치님은 진료실에도 같이 들어가고, 내가 찜질을 잘 받는지까지 감시했다.

"크게 다치진 않았지만 근육에 경미한 손상이 생겼을 수 있으니 당분간 무리하지 말고 휴식하세요. 이대로 심해수영을 했다가는 정말 파열될 수 있어요."

의사 선생님의 설명을 듣는 코치님의 표정이 심각했다. 그 정도로 아프진 않은데 반응이 너무 과한 거 아닌가 싶었다. 나는 찜질을 받는 도중에도 코치님 눈치를 계속 살폈다. 당장이라도 코치님이 '그 말'을 할까 봐 조마조마했다. 그리고 그 걱정은 곧 현실이 됐다.

"앞으로 2주 동안 심해수영은 하지 않는 게 좋겠다."

"네? 아까 의사 선생님은 일주일만 회복하면 된댔잖아요."

"딱 일주일이 아니라 최소 일주일 이상이라고 했잖아. 이 기회에 좀 쉬어."

"하지만 다음 주가 예선인데요."

차라리 왜 그렇게밖에 못 했냐며 혼내는 편이 나을 것 같았다. 빨리 회복해서 레인을 더 많이 돌라거나 잠도 자지 말고 연습하라고 한다면 어떻게든 해낼 생각이었다. 하지만 코치님은 너무 조심스러운 투로, 나에게 끔찍한 '권고'를 했다. 그게 나에게는 사형 선고나 다름없었다.

"다음 주가 예선인 건 나도 알아."

"근데 2주를 쉬면 어떡해요? 예선도 나가지 말라는 거예요?"

"레인에서 버티지 못하면 얼마나 위험한지는 너도 알고 있지? 고작 예선 한 번 나가겠다고 네 선수 생활까지 전부 걸고 도박이라도 할 셈이야?"

조심스럽다는 건 취소하겠다. 코치님은 날카로운 현실을 나에게 가감 없이 들이밀었다.

바로 일주일 뒤에 청운시에서 개최하는 청소년 심해수영 대회 예선전이 있다. 코치님에게는 어떨지 몰라도 나에게는 '고작 예선'이 아니었다. 이번 훈련에서 반드시 나은 기록을 보여 주고, 청운시 대회에 나가서는 내 실력이 떨어지지 않았다는 걸 증명할 생각이었다.

기록에 기복이 생긴 뒤로 나는 기록을 줄이기는커녕 유지하기에 급급했다. 재작년까지는 지지부진하더라도 조금씩 나아지는 것 같더니 작년부터 한 바퀴 기록이 53초대에서 오르내렸고, 지난달부터는 1분대로 떨어져 버렸다.

본래 운하, 유일과 함께 나의 기록은 꾸준히 상승선을 그렸다. 하지만 이제 나는 뒤처진 채 두 사람의 뒷모습을 바라보는 신세가 됐다.

게다가 대회 규정상 열아홉 살부터는 레인의 물살을 더 강하게

적용했다. 그러지 않아도 몸이 내 마음 같지 않은데 레인의 난이
도까지 높아지니까 나로서도 미칠 지경이었다.

한 달 전부터 잠까지 줄여 가면서 연습한 나에게 코치님이 이
럴 수는 없다. 어찌해도 안 되는 선수에게는 더 이상 기대하지 않
겠다는 의미인 걸까.

"잠깐 집중이 흐려져서 그랬어요. 등도 별로 안 아파요. 금방 나
을 거예요."

"모파, 너 오늘 몇 시간 잤어?"

"……."

아차, 몸 문제가 아니라는 걸 강조하려고 집중력 얘기를 꺼낸
거였는데, 실수한 것 같다. 나는 입을 다물었다. 지금은 뭐라고 대
답해도 나에게 불리하게 흘러갈 게 뻔했다.

"또 밤새고 나왔지? 어제도 두 시간 잤다 했고."

"밤샌 건 아니고……."

"내가 훈련 첫날부터 누누이 하던 말이 뭐였지?"

코치님이 단호한 목소리로 물었다. 우리를 편안하게 대해 주는
코치님이지만 이럴 때까지 마냥 편할 수는 없었다. 나는 고개를
조금 숙이고 대답했다.

"선수는 컨디션 관리가 가장 중요하다고 하셨습니다."

"내 말이 틀리냐, 모파."

"……아뇨."

“그럼 난 가 볼 테니까 너는 물리 치료 마저 다 받고 가라.”

“코치님, 그래도 훈련은……."

“안 돼. 너 그러다가 진짜 큰일 나.”

큰일은 이미 났다. 말도 안 되게 끔찍한 방식으로.

“하지만 코치님, 지금 저한테는 ‘고작 예선’이 가장 중요해요.”

뭔가 더 따지고 싶었지만 말이 잘 나오지 않았다. 폐가 쪼그라들고 목이 막혀 온 탓이었다. 나는 억지로 목소리를 짜냈다. 볼품없이 떨리는 소리가 나왔다.

“뭐?”

“나중에 어떻게 될지 모르니까 이번 대회 쉬고, 그럼 다음 대회는요? 제가 나갈 레인이 그때까지 기다려 주는 것도 아닌데요.”

“그런 식으로 하면 언제 나가도 네 레인은 없어. 그만하고 들어가. 간호 로봇이 계속 기다리잖아.”

“코치님.”

“그래, 코치님 간다.”

벽에 대고 말하는 기분이었다. 나는 유유히 떠나는 코치님의 뒷모습을 노려보다가 물리 치료실에서 빠져나왔다. 물리 치료는 냉찜질로 충분했다. 병원 밖으로 나오자 저 앞에 코치님의 모습이 보였다. 나는 그대로 몸을 돌려 반대 방향으로 무작정 나아갔다. 그때 뒤편에서 누군가 나를 불렀다.

“어? 모파! 어디 가?”

우주였다. 내가 벌써 병원 밖에 나와 있자 당황한 것 같았다. 오늘도 우주는 내 훈련 시간에 맞추어 와서 나를 지켜보았다. 원래는 유이도 자주 나오곤 했지만 요즘은 유이가 병원이며 뭐며 바빠서 우주 혼자 오는 날이 많았다. 동네와 멀리 떨어진 훈련 시설 단지까지 찾아오는 게 쉬운 일은 아닌데, 우주는 중학생 때부터 지금까지 꼬박꼬박 관객석 두 번째 줄 중앙 자리를 지켰다.

내 기록이 떨어지는 걸 지켜보면서도 아직까지 나를 멋진 선수라고 생각해 주는 우주에게 꼴사나운 모습을 보이고 말았다. 우주는 내가 심해수영을 그만두지 않는 이유 중 하나였다. 선수로서 자신감을 잃을 때마다 나를 응원해 주고 훈련 기록 영상을 찍어서 나의 움직임을 연구해 주는 사람이 바로 우주였다. 예선에서 그 기대에 부응하자고 스스로 다짐했는데, 경기도 아니고 훈련 중 일어난 사고 때문에 허무하게 무너지고 말았다. 그동안 내가 해 온 노력이 전부 의미 없게 느껴졌다.

'오늘은 괜찮을 거라고 생각했는데. 착각할 게 따로 있지.'

컨디션이 좋다고 장담하지 말아야 했다. 오늘만큼은 잘할 거라는 말도 하지 말걸. 병원에 오기 전 마지막으로 바라본 레인이 눈에 선했다. 그 안에서 힘차게 물살을 가르던 심해수영부 애들의 모습도.

나는 우주를 보고도 못 본 척 도망쳤다. 우주가 나를 거듭 불렀지만 돌아보지 않았다. 오늘 훈련이 끝난 뒤 나에게 할 말이 있다고 했는데. 금방 끝날 얘기가 아니라 직접 만나야 한다면서 말이다. 무슨 일인지 궁금했지만 우주를 마주 볼 자신이 없었다.

심해수영은 한 방향으로 돌아가는 물살을 거슬러야 하는 스포츠다. 원의 가장 아래쪽에서 시작해 꼭대기까지 있는 힘껏 올라가서, 천장을 타고 반대편으로 내려와야 한다. 처음부터 끝까지 몸에 추를 달고 움직이는 것처럼 힘들지만 원형 레인의 꼭대기에서만 볼 수 있는 풍경을 나는 좋아한다. 그곳은 레인의 중간 지점인 동시에 가장 높은 곳이기도 했다.

꼭대기에서는 레인의 출발점과 도착점이 만나는 곳, 그리고 일렁이는 레인의 눈이 한눈에 보였다. 레인의 눈에는 그때그때 다른 것이 비쳤다. 그건 나를 응원하러 온 부모님의 모습일 때도, 우주의 모습일 때도, 다른 도시에서 원정 온 선수들의 모습일 때도 있었다.

레인의 눈은 바깥에서 보기에는 비어 있는 것 같지만 레인을 타는 선수들은 그 안이 가득 차 있다고 표현하곤 했다. 레인의 눈에는 묵직한 물의 덩어리가 들어앉아서, 힘이 부족한 선수를 마구잡이로 끌어당겼다. 물론 레인에서 지나치게 뜨지만 않는다면 레인의 눈에 끌려갈 일은 없었다. 초보에게는 위험하지만 일정 수준에 도달한 선수에게는 크게 의식할 일 없는 곳. 나도 그곳을 의식하지 않은 지 오래되었다.

그런 레인의 눈이 오늘은 크게 일렁였다. 언제든지 나를 끌어갈 준비가 된 것처럼. 나는 꼭대기에 도달해 보지도 못하고 레인의 눈이 당기는 힘에 흔들렸다. 무엇이든 보여 줄 것 같던 레인의 눈에는 아무것도 비치지 않았고, 나는 내가 어디로 가는지도 모른 채 물살에 휩쓸렸다. 그리고 레인에서 튕겨 나오고 말았다.

나는 인생 그 어느 때보다 수영을 못하는 상태였다. 그냥 실력이 떨어진 것도 아니고 난데없이 허우적거리는 신세가 되어서 기록이 수직으로 하락하고 있었다.

심해수영에서 1분 이내로 기록을 줄일 수 있는 건 어마어마한 재능이라고 했다. 웬만한 신체적 조건으로는 물살을 이겨 내기도 어려운 원통형 레인 안에서 속도를 내는 것은 그런 일이었다. 할 줄 아는 사람보다 시도조차 못 하는 사람이 훨씬 많고, 할 줄 알더라도 잘하기가 쉽지 않은 일. 처음 심해수영을 시작할 때만 해도 나는 내가 대단한 사람이 될 줄 알았다. 그때까지는 주변에 나만큼 진화한 애가 없었으니까 가능한 믿음이었다.

내가 기록을 줄이지 못하고 헤매는 와중에도 최소한의 기록을 유지할 수 있었던 이유, 언제까지나 내 자리를 지킬 거라고 굳게 믿었던 이유는 태어날 때부터 남들보다 더 튼튼한 아가미와 지느러미, 더 많은 비늘을 가졌기 때문이었다. 심해수영은 온몸에 비늘이 촘촘할수록, 지느러미가 잘 발달할수록, 폐 호흡보다 아가미 호흡에 익숙할수록, 몸에 공기를 빼고 물을 많이 채울수록 유리한 종목이다. 누군가에게는 버겁기만 한 역방향의 물살이 극도로 진화한 심해종에게는 적절한 운동 코스가 될 수도 있었다.

심해수영의 역사는 짧지만 최근 들어 선수 지망생이 많이 늘어나는 추세였다. 삼 년 전 월드컵 종목으로 선정된 이후로 대양 단위 대회도 늘어났고 가끔은 성적이 좋은 선수를 알아보는 사람들도 있을 정도로 인기가 많아졌다.

이대로라면 심해수영과 함께 나의 삶도 더욱 크고 넓은 바다로 나아갈 거라 믿어 왔다. 근처 도시 중에서 청운시 정도로 심해수영이 발달한 곳은 없고, 적어도 우리 학교에는 나만큼 진화한 선수가 운하와 유일 외엔 없었기에 할 수 있는 생각이었다. 하지만 어느 순간부터 타고난 조건만 가지고선 어렵겠다는 생각이 자꾸만 들었다.

큰 대회에 나갈수록 신체 조건이 좋은 선수가 흔해졌다. 각자 도드라지는 진화 특성만 다를 뿐 물속에서 누구보다 자유롭다는 점은 똑같았다. 레인은 더 거칠어졌고 비늘과 지느러미만으로 모든 걸 해결할 수는 없었다. 내가 가진 강점이 힘을 잃어 가고 있었다. 나는 열심히 하는 선수가 아니라 잘하는 선수이고 싶었다. 그런데 지금 내 상황은 둘 중 무엇도 되지 못했다.

'어디로 가지?'

우주를 피해 아무 곳으로나 나아가던 나는 고속 이동 통로 정거장으로 갔다. 지금으로서는 갈 만한 곳이 단 한 군데밖에 없었다.

아까 진료실에서 웬만하면 고속 이동 통로도 이용하지 말라는 얘기를 듣긴 했지만, 심해수영도 아니고 생활 수영 수준으로 다닐 수 있는 곳이니 어디 가서 크게 부딪히지만 않는다면 괜찮을 거라 생각했다.

내가 정거장에 들어서자 등 뒤에서 바로 입구가 닫히고 정면의 문 위쪽에 초록색 불이 들어왔다.

—보호 장비를 착용한 뒤 '열림' 버튼을 눌러 주세요! 보호 장비는 우리 모두의 안전을 위한 필수품입니다.

나는 안내 방송을 흘려듣고 동그란 버튼을 눌렀다. 통로 방향의 문이 열리자 순간적으로 몸이 훅 빨려 드는 느낌이 들었다. 나는 휘청거리지 않게 조심하면서 손끝부터 미끄러지듯 통로 안으로 들어갔다.

심해수영 훈련장에서 사용하는 것만큼은 아니지만 상당히 강한 물살이 나를 떠밀었다. 그곳과 다른 점이 있다면 여기서는 내가 흐름을 거스를 필요가 없다는 거였다. 나는 힘차게 발을 굴렀다. 나를 방해하는 게 아무것도 없었다. 날 제치고 앞서가는 사람도, 온몸을 억세게 반대편으로 잡아당기는 느낌도, 터질 듯 심장이 뛰어 대는 느낌도, 불안하게 흐트러지는 호흡도.

훈련장에서의 일을 곱씹느라 심해 밑으로 가라앉던 기분이 조금은 나아지는 듯했다. 그동안 훈련 시설 단지에 오갈 때도 틈틈이 운동하겠다고 고속 이동 통로를 이용하지 않으면서 지내 왔는데, 막상 타 보니까 나쁘지 않았다.

반투명한 통로 너머로 내가 다니는 세윤고 건물과 주택가가 스쳐 지나갔다. 평소보다 훨씬 빠른 속도인데도 주변 풍경이 더 세세하게 눈에 들어왔다. 아직 낮 시간이라 통로도 한산하겠다, 여유로운 기분이 들었다.

대회 출전 자격을 박탈당한 거나 다름없는 상황에 고속 이동 통로나 타면서 좋아하다니. 망해도 너무 확실히 망한 나머지 내가 미쳐 버린 걸까. 등에 찜질을 받으면서 잠깐이나마 눈을 붙였더니 평소보다 덜 예민한 것도 같았다.

코치님이 직접적으로 말하지는 않았지만 나는 내 상황을 누구보다도 잘 알았다. 대회를 앞두고 2주를 쉰다는 건 선수로서 기대받지 못한다는 뜻이나 다름없었다. 나는 선수로서 실력을 보여 줄 기회를 모조리 놓치고 말았다. 고등학교 졸업을 앞둔 열아홉 살 여름에.

우리 엄마는 나에게 뭐든지 선택할 수 있는 나이라고 했지만 내 생각은 달랐다. 정작 열아홉이 된 애들은 성년이 다가온다는 것만으로 조바심을 내고, 그 와중에 무엇을 어떻게 선택해야 할지 몰라 안달복달이었다. 하고 싶은 일에는 재능이 부족해서 문제, 아니면 하고 싶은 일이 없어서 문제였다. 온 세상이 무조건 나를 받아 주지는 않는다는 걸 깨닫는 시기였다, 열아홉은. 그중에서 가장 큰 문제는 무언가를 냉큼 그만두기 어려운 나이라는 거였다. 그게 어릴 때부터 하던 일이라면 더더욱.

이대로 가다가 알 수 없는 해류에 휩쓸려서 영영 사라져 버려도 괜찮지 않나. 나는 물살에 몸을 맡긴 채 잠시 눈을 감았다. 빛이 완전히 차단되어 어두운 눈꺼풀 안쪽만을 바라보고 있으니 내가 어디를 향해 가는 건지 모호해지는 기분이 들었다.

'이번엔 운하랑 유일이 본선 가겠네.'

나는 심해수영부 인원을 하나하나 떠올려 보았다. 도드라진 두 사람을 제외하고는 예선을 통과할 만한 선수가 없었다.

고등학교 입학할 때까지만 해도 운하, 유일과 함께 나오는 이름은 '모파'였다. 운하는 굳건하게 1위를 차지하는 애였고 나와 유일이 번갈아서 2위와 3위를 하고는 했다. 우리 셋은 성격도 훈련 메뉴도 비슷한 것 하나 없었지만 진화 특성을 많이 타고났다는 공통점을 가졌다. 나는 지느러미와 비늘이, 운하는 아가미가 유독 발달했고 유일은 모든 것이 극도로 발달한 경우였다. 이제 상위권에는 운하와 유일만 남고 나 혼자 저 멀리 떨어져 나가고 있었다. 명확한 원인도 모르는 채.

나는 빠르게 종점을 향해 나아갔다. 대회장에서도 이렇게 쉽게만 수영할 수 있다면 얼마나 좋을까. 내가 원하는 대로, 누구보다 빠르게 레인을 돌고 결승 지점으로 빠져나오는 나를 상상했다.

─이번 정거장은 청운 타워, 청운 타워입니다. 해당 통로는 이 정거장까지만 운행하오니 모든 승객께서는 하차해 주시기 바랍니다.

그 먼 훈련 시설 단지까지도 20분이면 갈 수 있는 고속 이동 통로를 1시간 정도 타고 나서야 종점에 도착했다. 이곳은 청운시의 동쪽 끝, 청운 타워였다.

종점에서 하차하는 사람은 나밖에 없었다. 어느 요일, 어떤 시간에 와도 청운 타워 주변은 한산했다.

청운 타워는 청운시가 처음 지어질 때 가장 크고 튼튼하게 만들어진 '기둥' 중 하나였고, 내가 태어나기 훨씬 전부터 이 자리에서 벽과 천장을 떠받쳤다. 청운시를 둘러싼 방사능 차단벽, 그러니까 돔의 '주요 기둥' 네 개 중에서 평범한 시민이 안에 들어갈 수 있는 건 청운 타워뿐이었다. 하지만 역사적 의미가 무색하게 도심과 너무 멀리 떨어져 있고 주변에 이렇다 할 시설도 식당도 없는 데다, 전망이 좋은 것도 아니라서 연간 이용객이 한 손에 꼽았다.

이곳의 한산함은 훈련 시설 단지의 한산함과 느낌이 달랐다. 훈련 시설 단지는 드넓은 부지에 중간중간 회색 정육면체 모양의 훈련장 건물이 있어서 사람이 없어 보여도 '저 건물들 안에 다 모여 있겠구나.' 생각하게 되었다. 반면 여기는 하얗고 거대한 청운 타워가 저 앞에 보이고, 고속 이동 통로 정거장에서 타워까지 가는 길에 색색의 물풀이 빼곡하게 자라나 산들산들 흔들리고 있었다. 얇고 가벼운 물풀 사이에 숨을 수 있는 거라고는 벌레, 아니면 작은 동물 정도였다. 그러니 적어도 내가 둘러볼 수 있는 범위 내에서는 나밖에 없는 것이 맞았다.

'사람도 없는데 건물은 제법 관리하는 것 같단 말이지.'

나는 무거운 팔다리를 움직였다. 이동하느라 계속 움직였더니 등이 욱신거리며 아팠다. 나는 괜히 어깨를 돌리며 나의 목적지, 청운 타워로 들어섰다. 깨끗하고 넓은 로비 안쪽에 타워 꼭대기까지 한 번에 올라가는 승강기가 보였다. 여기는 내가 아는 곳 중에서 가장 조용했다.

전망대로 올라가 봤자 도시 방향으로는 넓은 물풀밭과 그 위를 가로질러 도심과 이곳을 연결하는 고속 이동 통로, 저 멀리 건물 조금, 외부 바다 방향으로는 예쁘지도 않고 칙칙한 산호초 군락과 야생 동물 몇 마리, 먼바다로 나아가는 잠수차 도로가 보이는 게 전부였다. 아무리 청운시가 생활 전용 도시라고 해도 이건 너무한 수준이긴 했다. 아마 앞으로도 이 근처는 뭔가 생길 일이 없지 않을까.

볼 것도 없는 주제에 쓸데없이 넓은 전망대였지만 나는 여기가 마음에 들었다. 여기서 내가 지나온 방향을 보다 보면 나를 괴롭히던 문제들이 멀게만 느껴졌다. 심해수영도, 성적이나 진로 걱정과도 잠시나마 떨어질 수 있었다.

무엇보다도 여기에서는 아무에게도 간섭받지 않았다. 나는 승강기에 타서 멍하니 숫자가 올라가는 걸 올려다봤다. 그동안 혼자 보내는 시간이 많이 부족했던 것 같다. 하루도 빠짐없이 훈련장에 나가기도 했고, 집에 있을 때는 엄마가 아무 때나 방에 들어오니까 혼자라는 느낌을 받기는 어려웠다.

다른 곳보다 시원한 편인 전망대 내부의 물 덕분에 정신이 조금은 맑아지는 듯했다. 어느 순간부터 정신없이 레인만 도느라 전망대에 올 생각을 전혀 못 하며 지냈다. 오늘도 고속 이동 통로를 타다가 충동적으로 온 것에 가까웠다. 진작 여기에 왔으면 조금은 침착해질 수 있었을까.

이곳에 대해서는 아무한테도 말한 적 없었다. 전망대는 나 혼자만의 공간이었으면 했다. 내가 좋아하는 것에 대해서 다른 사람이 '전망대? 거기 볼 거 없잖아.' 하고 반응하는 것도 싫었다.

승강기의 문이 열렸다. 통유리 창과 관측용 투시경이 가장 먼저 눈에 들어왔다. 물풀만 가득한 데다 저 멀리 도시의 끝자락만 어렴풋이 보이는, 내가 잘 아는 풍경이었다. 여전한 모습을 보니 마음이 놓였다.

통유리를 따라서 전망대를 반 바퀴쯤 돌던 나는 이곳을 먼저 찾아온 방문객을 발견했다. 처음에는 그냥 구식 잠수복이 어디서 굴러 나온 줄 알았다.

'사람? 사람 맞지?'

내가 이렇게 생각하는 것도 다 이유가 있었다. 먼저, 여기에서 다른 사람을 만난 경우는 지금까지 한 번도 없었다. 지킬 것이 없으니 경비도 없었고 최소한의 관리마저도 시민 이용 시간을 피해서 하는 곳이었다.

게다가 엄청나게 헐렁한 구식 잠수복도 이상했다. 안에 들어 있는 사람보다 잠수복이 커서 팔다리를 열심히 휘저어도 그저 흐느적거리는 것으로 보였다. 헬멧은 심해에서 삼백 년은 굴러다니던 걸 주워다 쓴 것처럼 투박하게 생겼다. 아니면 우주인이 쓰던 물건을 가져왔거나. 그래서인지 사람이라기보다는 차라리 삼백 년 전의 귀신이 나타났다고 보는 쪽이 그럴싸하게 느껴졌다.

"……! ……!"

인기척을 느꼈는지 잠수복의 팔다리가 더 꿈틀거렸다. 우주인이 뭔가 말하고 있었는데, 음파가 뭉개져서 알아듣기 어려웠다. 살면서 들어 본 것 중 가장 먹먹한 음파였다. 물에 대고 억지로 목소리를 낸다면 저런 느낌일 것 같았다.

저런 헬멧도 음성─음파 변환이 되는구나. 나는 멍하니 생각했다.

진화 특성이 적어서 수중 생활이 어려운 사람들은 호흡 보조기나 헬멧을 썼다. 모든 헬멧에는 목소리를 음파로 변환하는 기능이 있어서 헬멧을 써도 의사소통에 문제가 없었다. 헬멧 제조 기술이 발전하지 않았던 옛날에는 의사소통을 위해서 단수 시설에 들어가거나 수화를 하는 수밖에 없었다는데, 내가 알기로는 그때부터 이미 헬멧 디자인이 최대한 인체에 알맞게 밀착하는 형태였다. 저렇게 크게 둘러싸고 있는 식이 아니라.

"거기, 누구, 끄르르르륵……."

우주인이 재차 말했다. 이번에는 몇 마디 알아들었다. 우주인은 헬멧에 들어찬 물을 먹으며 도움을 요청하고 있었다. 아가미 호흡을 못 하는 건가?

"어, 어어? 괜찮으세요?"

상태를 보기 전에는 낯선 사람과 단둘이 이곳에 있다는 게 껄끄럽기만 했는데, 지금 보니 낯설고 말고의 문제가 아니었다. 나는 다급하게 그에게 다가갔다. 당장 숨 쉴 틈을 주지 않으면 정말로 사람이 죽는 걸 보게 생겼다.

우주인이 쓴 헬멧은 뒤에서 본 대로 둥근 형태였고 머리와 밀착하지 않는 구조라 내부에 빈 공간이 많았다. 헬멧의 투명한 캡 너머에 나와 비슷한 나이대로 보이는 애가 있었다.

짙은 갈색 눈. 머리랑 눈썹에 털도 수북하고 피부에 비늘이라고는 하나도 없었다. 내 주변에서 가장 진화 특성이 적은 사람과 비교해도 낯선 모습이었다.

나는 태어나서 처음으로 고산종 인간과 마주하고 있었다. 누구도 찾지 않는 도시 끝의 전망대에서.

"끄윽, 컥, 나 좀……."

"조, 조금만 버텨 봐요!"

아니지. 고산종을 신기해할 때가 아니다. 나는 우주인 같은 잠
수복을 붙들고 힘주어 잡아당겼다. 욱신거리는 등을 신경 쓸 겨
를도 없었다.

심해종과 고산종

내가 처음으로 만나 본 고산종 인간은 말이 많아도 너무 많았다. 방금 숨넘어가던 사람이 맞나 싶을 정도였다.

"와, 진짜 죽을 뻔했네! 내 나이 열아홉, 그래도 아직 죽을 운명은 아니구나. 하늘과 바다에, 아니지, 너한테 진짜 고마워. 나 이대로 끝이구나, 생각하고 있었는데 어떻게 마침 정신 놓기 3초 전에 오지? 네가 내 은인이야. 정말 고맙다, 정말로."

다행히 청운 타워 전망대 층에는 화장실이 있었다. 나는 고산종의 잠수복을 붙들고 복지 칸으로 들어가 단수 버튼을 눌렀고, 칸 안의 물이 모두 빠진 뒤 그의 헬멧을 벗겼다. 다행히 정신을 놓지 않고 있던 고산종이 황급히 물을 토해 냈다.

우주인 잠수복을 입은 고산종의 이름은 수림이었다. 나와 같은 열아홉이고, 해발 4000미터가 넘는 까마득한 곳에서 여기까지 내려왔다. 거리를 생각하면 나에게 수림은 우주인이나 다름없긴 했다. 수림은 나에게 몇 번이나 감사 인사를 했다. 발음이 조금 특이했지만 알아듣기 어렵진 않았다.

"내가 지난주에 여기 왔거든. 적응 기간이 어제 끝나서 오늘은 나 혼자 둘러보려고 나왔어. 근데 고속 이동 통로까진 너무 무리였나 봐. 처음엔 어찌저찌 잘 갔는데 삐끗하니까 물살에 그대로 휩쓸리더라. 하하, 거기서도 진짜 큰일 날 뻔했지."

애는 수영도 못 하고 물속에서 숨 쉴 줄도 모르면서 이 깊은 청운시까지 온 건가. 심지어 일행도 없이 혼자 다닌다고? 용감한 걸 넘어서 무모해 보였다.

"통로에서 구를 때 여기저기 부딪히면서 헬멧 연결부에 문제가 생긴 것 같아. 여기 오면서는 운이 좋았구나, 했는데. 도착해서 물이 새기 시작한 거지."

"너무 옛날 잠수복을 입어서 그런 거 아니야? 그렇게 무거우면 당연히 위험할 것 같은데."

"응? 아니야, 이거 엄청 최신식인데? 소재도 가볍고 산소통 용량도 크고, 잠수복 자체에 비상용 산소 내장 기능도 있어. 수중 가속 기능까지 있다고. 그걸 통로에서 잘못 켜는 바람에 이렇게 된 거지만. 하하!"

"대책 없이 먼 곳까지 잘도 왔구나. 그냥 하는 말이 아니라 너 진짜 큰일 날 뻔했어."

청운 타워 정도로 중요한 공공 기관이면 사고 감지 시스템 정도는 있겠지만, 나는 굳이 그 사실을 말하진 않았다. 수림이 여기에 오지 말아야겠다고 마음먹었으면 했다. 도심과 동떨어진 곳이 위험하다는 이유를 대긴 했지만, 나만의 장소를 공유하고 싶지 않은 마음도 있었다.

"다른 애들은 여기 관심 없대서 어쩔 수 없었어. 게다가 잠수복에 문제가 생기면 화장실로 가라는 교육을 받았으니까, 그거 하나 믿고 왔지. 근데 정작 상황이 급박해지니까 몸이 내 마음대로 움직이질 않더라."

"다른 애들? ……그보다, 넌 여기에 관심이 있었다는 거야? 혼자서라도 올 만큼?"

"당연하지. 말로만 듣던 청운시 전경을 실제로 볼 수 있는 기회잖아."

"청운시 전경이라니, 나 그런 말 난생처음 들어 봐."

이건 진심이었다. 청운시의 '전경' 따위를 보려는 사람을 평생 한 번도 만나 본 적이 없었기 때문에, 내게는 수림의 말이 이상하게만 들렸다. 수림도 인정한다는 듯 고개를 끄덕였다.

"고생해서 여기까지 온 것 치고는 아무것도 안 보이긴 해. 어쩐지 도심이랑 너무 멀더라. 이렇게 떨어져 있으면 뭐가 보일 리 없잖아?"

"여기로 놀러 오는 사람이 없는 이유가 다 있지. 애초에 우리도 여행은 초지나 해원으로 가."

관광객이 자주 드나드는 초지시나 해원시와 달리, 청운시는 관광 오는 고산종이 없었다. 고산종의 몸으로는 이곳의 수압을 견디기 힘든 데다 산소 공급도 까다로워서였다.

청운시에 잘 놀러 오지 않는 건 고산종뿐이 아니었다. 대양 너머에서 온 여행객도 굳이 청운시로 오진 않는 편이었다. 보거나 즐길 만한 게 있어야 여기까지 오든가 말든가 하지.

"뭔가 다른 게 있을 줄 알았는데, 정말로 사진으로 본 게 다일 줄이야. 그래도 직접 와 봤다는 걸로 만족해."

"사진? 여기 사진 말이야? 여긴 물 밖이랑 통신이 안 되는데?"

"데이터 구하는 게 쉽지 않긴 했어. 아무래도 파는 사람이 없어서."

"그렇게까지 한다고?"

물속과 물 밖에서 사용하는 서버가 다른 탓에 심해종과 고산종은 하이퍼 통신으로조차 연결할 수 없었다. 해수면과 가까운 초지시는 교류가 있는 편이라지만 가장 깊은 곳에 위치한 청운시에서는 물 밖과 서버를 연결할 거란 기대가 전혀 없었다. 게다가 청운시까지 내려오는 고산종도 거의 없으니, 청운시의 사진이나 정보가 고산종에게 전달되지 않는 건 당연한 일이었다. 그런데 수림이 청운시의 사진을 본 적이 있다니. 구하는 데 돈이 꽤 들었을 텐데, 정말로 청운시에 관심이 많았던 모양이다.

“확실히 물 밖에서 자료 조사하는 데는 한계가 있더라. 서버 확장보다 내가 직접 오는 게 더 빠를 줄은 몰랐는데. 이렇게 온 김에 다 알아 가야지.”

“여기는 진짜로 뭐가 없다니까.”

“두고 봐. 청운시 구석구석을 다 찍어 가겠어.”

“내 말 안 듣고 있지?”

아직도 헐떡이고 있으면서 꿈은 야무졌다. 수림은 청운시를 신비로운 곳으로 생각하고 있었다. 이 전망대에서 보이는 것이 없듯 동네에도 볼 만한 건 없을 텐데도 기대에 잔뜩 부푼 모습이었다. 수림의 말로는 사람들이 물속에서 음파로 대화하는 것도, 동네에 나무와 풀이 있는 것도, 길 거북이가 다니는 것도 충분히 신기하다고 했다.

지금까지 수림이 말한 건 전부 저 위쪽 동네인 초지시와 해원시에도 있는 것들이었다. 아무리 어른들이 앞서 안전 장비 확인을 했다고는 하지만, 이런 깊은 곳까지 학생을 내려보내다니 고산종은 원래 그렇게 애들을 함부로 대하는 건지 의심스러워졌다. 안전 장비가 무적이라고 생각하는 건가?

“그보다 모파, 너는 여기에 왜 온 거야? 동네 주민이 새삼스레 동네 생김새가 궁금하지는 않았을 거고. 여기에 뭐가 더 있어?”

“아니, 딱히 없는데. 그냥 답답해서 온 거야.”

“왜? 무슨 일 있었어?”

수림의 질문을 듣고 잠시나마 잊고 있던 현실이 한꺼번에 떠올랐다.

"무슨 일이 많긴 했지. 내 인생이 망했거든. 어떻게 해야 할지 막막하기도 하고 무섭기도 하고."

이런 건 가족에게도, 나와 가장 친한 우주와 유이에게도 말한 적 없었다. 나는 수림에게 내 이야기를 짤막하게 들려주었다. 선수를 목표로 오랫동안 심해수영을 해 왔다는 것과 오늘 모든 걸 망쳐 버렸다는 것. 아무에게도 들키고 싶지 않은 생각들이었다. 누군가에게 내 속내를 드러내면 마음이 불편할 줄 알았는데 의외로 후련함이 더 컸다.

"오! 심해수영 하는구나. 진짜 반갑다!"

내 인생이 망했다는데 수림은 심해수영에 더 큰 관심을 보였다. 과하게 캐묻지 않으니까 좋기는 하지만, 좀 황당한 마음이 드는 것도 사실이었다. 나는 구구절절 털어놓는 건 그만두고 수림에게 물었다.

"너 심해수영 알아?"

"그럼, 그냥 심해 도시가 궁금했으면 여기까지 안 왔지. 청운시에 심해수영 시설이 가장 잘되어 있다고 해서 온 거야."

"의외다. 고산종도 심해수영을 좋아할 줄은 몰랐는데."

"사실 잘 아는 건 아니야. 헤헤. 우연히 해원시에서 온 영상을 보게 됐는데 멋있더라고. 원형 레인이 신기하기도 하고. 영상을 계속 찾다 보니까 실제 경기도 보고 싶어졌어."

"그거 하나 때문에 여기까지 왔다고?"

"따지자면 그렇지? 청운시는 내가 살면서 한 번도 접해 본 적 없는 분야가 가득한 곳이니까, 의외로 여기에서 하고 싶은 일을 찾게 될지도 모르고."

"지상에는 하고 싶은 일이 없어?"

"으음…… 응, 아직까지는. 시도는 많이 해 봤는데 뭐가 나랑 맞는 일인지 모르겠어. 뭘 해도 그다지 마음이 붙지도 않고."

이야기를 듣고 보니 수림도 아무 생각 없이 여기까지 놀러 온 것만은 아니었다. 수림은 헤매고 있었다. 세상 저 먼 곳에서, 나와는 다른 방식으로. 이리 떠밀리고 저리 떠밀리다 이 심해까지 흘러 내려온 거였다.

사는 곳이나 생활 방식은 완전히 다르지만 우리가 하는 고민은 어딘가 닮아 있었다. 수림과 나는 자신의 인생인데도 한 치 앞조차 내다보지 못했다. 차이가 있다면 나는 실패하는 게 두려워 다른 길은 생각도 못 한다는 것이고, 수림은 너무 많이 실패해 본 나머지 한 가지를 진득하게 붙들고 있지 못한다는 것이었다.

오늘 처음 만났지만 수림이 편하게 느껴졌다. 여태껏 나는 남들이 어떻게 사는지 궁금해하지 않았는데, 수림과 함께 각자의 이야기를 나누니 기분이 썩 괜찮았다. 먼 곳에서 온 애가 내 말에 공감해 주니까 세상 어딘가에 나와 비슷한 사람이 존재할 거란 생각도 막연히 들었다. 그 사람은 심해종일 수도 있고, 어쩌면 나하고는 평생 마주칠 일 없는 곳에 사는 고산종일 수도 있겠지.

"맞다, 나 교환 학생 프로그램 참여해서 왔거든. 심해인데도 등교 필수인 게 좀 특이하긴 한데, 청운시까지 이동할 장거리 잠수차랑 홈스테이 지원해 준다고 해서. 마침 과수원 일 그만두려던 찰나에 홍보 글을 보고 바로 신청했어. 타이밍 좋지?"

심해종에게도 무조건 학교에 나오라는 말을 안 하는데, 헤엄도 못 치는 애들에게 직접 등교를 필수로 시키다니 학교가 미쳤나 보다. 학교에서 학생이 다쳐도 교사에게 책임을 묻지 않는다는 법이 생긴 지는 오래됐지만, 여전히 이것과 관련한 동의서를 작성해야만 직접 등하교를 할 수 있었다. 교사에게 어떻게든 책임을 지우고 싶어 하는 부모가 주기적으로 한 번씩 나타난 탓이었다.

아직 모두가 물속에서 자유로운 것은 아니기에 심해에서는 통신 기술이 발달할 수밖에 없었다. 학교 외에도 많은 공공 기관에서 하이퍼 통신 접속을 지원했고 전교생 대부분이 특별한 날이 아니면 하이퍼 통신으로 수업을 들었다. 그런 와중에 나와 유이, 유일, 우주는 동의서를 작성하고 학교에 갔다. 다른 애들이 직접 등교하지 않는다고 해서 아쉽지는 않았다. 하이퍼 통신으로 접속한 애들의 모습이 홀로그램으로 실시간 송출되니까.

"고산종도 하이퍼 통신으로 수업 들어?"

"아니, 우린 통신 수업이 없어. 그래서 우리한테 맞춘 건가 싶기도 해. 원래 심해종 학교는 하이퍼 통신으로 수업 듣는다고 어디서 들었는데, 맞아?"

"응, 생각보다 훨씬 많이 아네."

"후후, 그렇지? 우리 같이 학교도 다닐 수 있으면 좋을 텐데. 난 당분간 세윤고에 다녀. 다음 주부터 등교라 기대 중이야."

"어?"

"너도 알아? 세윤고가 청운시에서 제일 큰 학교라고 하더라. 운동부도 엄청 많다던데."

당연히 알지. 우리 학교니까 모를 수가 없다. 수림의 말을 듣고 뒤늦게 아차 싶었다. 후련하던 마음이 순식간에 불편해졌다. 이럴 줄 알았으면 말을 좀 가려서 할 걸 그랬다. 이제 와서 수림에게 괜한 걸 털어놓았다는 생각이 들기 시작했다.

나는 학교에서 교환 학생 신청을 받은 줄도 몰랐다. 여섯 달 전부터 진행된 프로그램이라는데, 그런 소식은 들어 본 적도 없었다. 주위를 좀 둘러보고 살라던 유이의 말이 하필 이럴 때 떠올랐다.

수림의 생각과 달리, 모든 운동부가 학교 안에 있는 건 아니었다. 심해수영부처럼 큰 대회를 준비하는 팀은 훈련 시설 단지에 전용 건물을 두기도 했다. 나나 유일처럼 굳이 학교에 다녀온다면 훈련장 가는 길이 멀어지겠지만, 다른 애들은 대부분 집 근처에서 고속 이동 통로를 타고 곧장 시설 단지로 와서 훈련하는 편이었다. 이런 것들을 일일이 설명하고 싶지 않아서 나는 그냥 고개만 끄덕였다.

"교환 학생 기간이 7주고, 적응 기간까지 포함해서 총 9주 동안 여기서 지내는 거야. 개인 활동 시간마다 갈 수 있는 곳은 다 가 보려고. 이왕 좋은 장비도 지원받았으니까 영상 많이 찍어야지."

우주복에 가까운 잠수복이 내 눈에는 여전히 좋아 보이지 않았다. 기동성도 떨어지고 저항을 너무 많이 받지 않나. 저런 식의 장비를 착용하면 빠르게 움직이는 건 애초에 포기하는 수밖에 없었다. 물론 고산종에게는 기동성보다 다른 기능이 더 중요하겠지만.

슬슬 집에 가고 싶어졌다. 고산종 생김새도 처음에나 잠깐 낯설지, 보다 보니 그렇게까지 신기할 것도 없었다. 진화가 덜 된 심해종 애들이랑 비슷한 구석도 많았다. 두 종을 비교했을 때 심해종보다 고산종이 해수면 상승 전의 인류랑 더 닮았다는 건 옛말이었다.

언젠가 오래된 영화에서 보았던 해수면 상승 전의 인류는 심해종과도, 고산종과도 닮지 않았다. 과거 인류의 모습으로는 이 지구에서 살아갈 수 없다. 오히려 고산종과 심해종이 서로 닮아 있었다. 까마득히 먼 곳에서 각자의 환경에 맞게 진화하면서도.

어쨌든 화장실에 주저앉아서 계속 떠들고 있는 것도 이상하니 일어나는 게 좋을 것 같았다. 수림과 최대한 빨리 헤어지고 싶었지만 수림의 잠수복 상태가 마음에 걸렸다. 나는 수림을 데리고 보조 장치 수리 센터까지 함께 갔다. 수림은 양손으로 헬멧을 붙들고, 내가 수림의 팔과 등을 밀거나 끄는 식이었다. 잠수복의 무게 때문에 힘들어 죽는 줄 알았다.

"모파, 너 되게 빠르다! 오늘 진짜 고마웠어. 전망대 가는 길엔 정신이 하나도 없어서 주변 풍경도 못 봤는데 너랑 돌아오면서는 둘러볼 수 있어서 좋았어. 건물들이 여러 모양으로 생긴 게 재밌더라. 내가 나중에 맛있는 거 사 줄게. 또 만나자, 꼭!"

"그래, 또 봐."

"그리고 아까부터 말하고 싶었던 건데, 네 인생 아직 안 망했어. 심해수영 계속 잘할 수 있으면 좋겠다!"

"……빨리 들어가."

난데없이 쑥스러운 말을 하는 수림을 센터 입구에 밀어 넣었다. 나는 끝까지 수림에게 내가 세윤고 학생이라고 말하지 않았다. 같은 학교든 뭐든, 수림을 피해 다니는 게 좋을 것 같았다. 하이퍼폰 코드를 주고받긴 했지만 바쁜 척 연락도 안 보고 흐지부지 시간을 흘려보낼 작정이었다. 어차피 교환 학생 기간만 지나면 수림은 물 밖으로 나갈 테니.

*

청소년 심해수영 대회 예선전 당일, 나는 우주와 유이에게 이끌려 대회장까지 왔다. 그동안 등의 통증도 많이 줄었고 일상에서 불편함이 거의 없을 정도로 빠르게 회복했지만 훈련이나 대회에 대한 코치님의 결정이 번복되진 않았다.

역시 대회에는 운하와 유일만 참가하게 되었다. 나는 떨떠름한 표정을 감추지 못하며 관객석에 앉아 고정 버튼을 눌렀다. 가볍게 떠 있던 몸이 의자에 달라붙었다. 원래는 내가 나가지도 못할 대회 따위 참관할 생각도 없었는데 우주와 유이가 날 가만 내버려두지 않았다.

나와 우주, 유일, 유이는 초등학생 때부터 알고 지냈다. 한때 다 같이 어린이 생활 수영 강습을 다닌 적도 있었다. 나랑 유일은 심해수영 레인에 들어갈 수 있는 나이가 되기 전까지 심화 수업을 들었고, 우주와 유이는 기초 운동으로 체력을 늘렸다.

유일과 유이는 쌍둥이였다. 태어난 시간이 3분 차이인 데다 서로 위아래를 나눌 생각은 없어 보였지만, 공식적으로는 유일이 첫째고 유이가 둘째였다. 둘은 모르는 사람이 보면 가족인지도 모를 정도로 닮지 않았다. 유일이 한계치까지 진화한 심해종의 모습이라면 유이는 진화를 거의 하지 않은 모습이었다. 유이가 농담처럼 '태아일 때 유일이 재가 진화 유도제를 다 먹어 치워서 그래. 재가 좀 잘 먹냐.' 하고 말하는 것도 일리 있게 들릴 정도였다.

요즘은 아무리 유도제가 안 들어도 손가락 발가락 사이에 지느러미쯤은 달고 태어난다는데, 내가 아는 애들 중에서 유이만 비늘 한 장 돋아나지 않았다. 그래서 타고난 신체적 조건을 살려서 심해수영을 하는 유일과 다르게 유이는 부모님 나이대의 사람들처럼 수중 호흡 보조기를 달고 다녔다. 눈에 안 보이도록 작게 만들어진 제품도 있지만 유이는 개의치 않고 코와 입을 덮는 마스크 형태의 보조기를 사용했다. 그게 훨씬 편하다나. 새삼 이상할 것도 없긴 했다. 모두가 각자에게 필요한 보조 기구를 달고 사는 세상이니까.

"대체 왜 나까지 와야 하냐고."

"모파 넌 꼭 네 경기만 보려고 하더라. 그러면 안 돼. 관전도 공부가 된다고. 다른 애들이 어떻게 하나 봐 봐."

"본다고 다 되면 너도 심해수영 선수였게."

내가 말해 놓고 아차 싶어서 입을 다물었다. 생활 수영도 힘들어하면서,라는 말까지 하지는 않았지만 유이는 내 말의 의미를 알아챈 것 같았다. 유이도 초등학생 때까지는 심해수영을 하고 싶어 했다. 신체 조건을 가지고 함부로 말한 것 같아 마음이 찔렸다. 화를 낼까 싶어 눈치를 보는데 유이가 씩 웃으면서 말했다.

"나중에 후회하지 말고 지금 말해."

"……미안."

"그래, 바보야. 난 팬으로서 보는 거고 너는 선수로서 봐야지. 그래도 뭐, 너무 신경 곤두세우지는 마. 쉬는 날이잖아."

"그게 쉽게 되면 좋을 텐데."

"넌 마음을 좀 편하게 먹을 필요가 있어."

유이가 나쁘지 않게 받아들여 줘서 다행인 것과 별개로, 내 마음은 조금도 편해지지 않았다. 생각해 보면 마음이 편안했던 게 언제인지도 모르겠다. 나의 수면 시간은 여전히 들쑥날쑥했다. 잘 잠드는 것 같다가도 새벽에 깨는 일이 많았고, 가끔은 누군가 날 쳐다보는 기분이 들었다. 혼자 있다가 주변을 살필 때도 꽤 많았다.

경기장 가운데 원형의 레인이 소용돌이쳤다. 그 근처에서 준비운동을 하는 운하와 유일의 모습이 아득히 멀게만 느껴졌다.

게다가 내 옆에서 하이퍼폰만 열심히 만지고 있는 우주도 신경 쓰였다. 지난주에 날 찾아온 우주를 내버려두고 도망친 뒤로, 우주는 나에게 할 말이 있다는 얘기를 더는 꺼내지 않았다. 눈치만 보던 내가 슬쩍 물어보기도 했지만 '으응, 아니야.' 하고 웃을 뿐, 시원하게 대답하지 않고 넘어갔다.

우주는 별일 없었던 것처럼 나를 대했지만, 비밀 따위는 없던 우주와 나 사이에 거리가 생긴 것 같단 생각을 떨칠 수가 없었다. 평소처럼 아침에 만나 같이 학교에 가고 하루를 보내는 동안에도 미묘하게 겉도는 기분이었다. 지금까지 한 번도 우주의 눈치를 본 적이 없었는데 최근 나는 자꾸만 우주의 표정을 살피게 되었다.

혹시 그날 우주가 정말 중요한 얘기를 하려고 한 건데 내가 쉽게 넘겨 버린 건 아닐까. 우주는 무슨 얘기를 하려던 걸까. 추측되는 게 아무것도 없어 답답했다.

나의 심란한 마음과 상관없이 청소년 심해수영 대회 예선전이 막힘없이 진행되었다. 이번 조에 유일이, 다음 조에는 운하가 있었다.

유일과 나란히 선 선수들은 출발이 아주 빠르진 않아도 페이스 유지를 잘하는 편이었다. 하지만 저 중에서 스타트만큼은 유일이 누구보다도 빠를 거였다. 꾸준히 속도를 유지하는 것도 중요하지만 나는 좋은 출발이 무엇보다도 중요하다고 생각했다. 출발부터 잘해야 경기의 흐름을 잡고 시작할 수 있으니까. 하지만 유이는 생각이 좀 다른 모양이었다.

"어휴, 유일이 저거 뒷심이 부족해서 어쩌냐. 같은 조 선수들이 전부 후반에 강한 타입인데."

그러면서도 유이는 유일이 예선 정도는 통과할 거라고 믿었다. 아니면 뭐, 어쩔 수 없다나. 이 쌍둥이는 외모부터 성격까지 무엇 하나 닮지 않았으면서 결과에 연연하지 않는 건 똑 닮았다. 유일은 좀 연연해야 할 것 같지만.

몇 등이 되든지 유일은 지금 예선을 치를 기회를 얻었다. 나는 관객석에 묶여 있는 신세고. 그 사실이 내 가슴을 콕콕 찔러 댔다.

테이크 유어 마크.

출발 신호가 떨어지고, 일렬로 서서 준비 자세를 취하고 있던 선수들이 거의 동시에 몸을 쏘아 보냈다. 그걸 지켜보던 나도 몸에 절로 힘을 주었다. 경기에 몰두하다 보니 레인의 물살이 내 몸을 두드리는 것 같은 착각이 들었다.

유일은 전체 선수 중에서는 상위권, 본인의 기록 중에서는 그리 좋지 않은 성적으로 예선을 통과했다. 매번 최선의 노력을 하지 않고도 느물느물 웃으며 지내는 유일이 재수 없어 보였다. 아마 모두가 그렇게 생각할 거고, 유일도 스스로 그걸 잘 알고 있었다.

'복 받은 놈.'

운하가 레인 앞으로 나왔다. 예전부터 운하를 좋아해 왔던 유이가 반가워하며 응원했다. 원래는 객석에서 이름이 불리든 말든 경기에만 집중하는 편인 운하도 웬일인지 이쪽을 살짝 돌아봤다. 요즘 둘이 자주 만난다더니 내 생각보다 더 친해진 모양이었다.

운하는 또 1등 하겠네. 그렇게 생각하며 건성으로 레인을 바라보는 나와 달리, 유이는 운하를 걱정하고 있었다. 아침에 컨디션이 안 좋아 보였다고. 괜한 걱정을 다 한다는 생각이 들었다.

그때 건너편 관객석에 헬멧을 쓴 사람들이 우르르 들어왔다. 고산종 교환 학생들이었다. 그중에는 수림도 있었다.

"아……."

수림을 보니 딱히 나아진 적도 없던 기분이 가라앉았다. 우울에서 벗어나려고 시선을 돌리던 나는 우주가 하이퍼폰에 빨려 들어갈 듯 기기를 붙들고 있는 걸 보았다. 평소에는 홀로그램이 편하다고 터치는 쓰지도 않던 우주가 뭘 감추려고 홀로그램을 끈 건지 궁금했다. 우주는 유이와 합심해서 날 여기까지 끌고 와 놓고 내내 조용했다. 모르는 척 넘어가려고 지금까지 내버려뒀는데, 경기는 보지도 않고 하이퍼폰에만 빠져 있으니 더는 무시하기가 어려웠다.

"우주, 누구랑 그렇게 연락해?"

"으악!"

우주가 지나치게 놀라며 하이퍼폰을 손에서 놓쳤다. 폰이 객석 밑으로 가라앉으면서 우주의 손짓이 잘못 입력되었는지, 홀로그램 화면이 우주의 무릎 위에 펼쳐졌다. 우주는 홀로그램을 구기기라도 하듯 다급하게 내리더니 벌벌 떨면서 내게 물었다.

"내, 내 폰 봤어?"

"네가 바로 내렸는데 보였을 리가 없잖아."

"어어, 그렇구나."

우주는 고개를 살짝 숙인 채 눈만 들어서 나의 표정을 살폈다. 마음에 걸리는 게 있다는 신호였다. 안 그래도 기분이 안 좋은데 우주까지 알 수 없는 행동을 하니까 괜히 속이 꼬였다.

"야, 됐어. 하던 거 해."

내가 쏘아붙이듯 말하고 입을 다물자 우주의 눈이 더 바쁘게 이리저리 굴러다녔다. 저건 내 상태를 눈치채고 갈등할 때의 모습이었다. 우주는 결국 마음을 정했는지 어렵사리 말을 꺼냈다.

"아니, 모파, 그게……."

내 감정이 오래가는 편이라는 건 우주도, 나도 잘 아는 사실이었다. 내가 우주를 아는 만큼 우주도 나를 잘 알았다. 다행히 우주는 내게 솔직해지기를 선택했다.

"전부터 이걸 어떻게 보여 줘야 할지 고민하느라, 그래서 그랬어."

나는 우주의 하이퍼폰을 받아서 화면을 펼쳤다. 그리고 곧 작은 화면으로 볼 걸 그랬다고 후회했다. 우주가 보던 건 누군가의 스레드 계정이었다.

[ㅁㅍ 요즘 심하네.] - 72주 전

[기록이 점점 떨어지기만 하는데 심해수영 왜 하지?] - 59주 전

[진짜 왜 해? 그렇게 쓸 거면 지느러미 나 주라.] - 42주 전

[58초라고?] - 10주 전

[58초?????????] - 10주 전

[그새 기록 경신. 1분 3초? 스트로크 줄일 생각을 안 하나?] - 6주 전

[ㅅㅇ고 3학년 2반이랬지? 실물로도 보고 싶네.] - 5주 전

[뭐해? 뭐해? 뭐해? 뭐해? 진짜 뭐해? 경기 운영 그런 식으로 할 거야?] - 5주 전

[속 터지는데 직접 보러 갈까?] - 4주 전

하나의 계정이 지속적으로 '□ ㅍ'에 대해 언급하고 있었다. 경기력, 생활 반경, 사소한 습관, 외모에 대한 것까지. 나를 아는 사람이라면 이 계정이 내 얘기를 한다는 걸 알아챌 수 있을 만큼 세세했다.

[나 너희 동네 왔다.] - 10일 전

[어디 가?] - 7일 전

[이렇게 보니까 신기하다. 자주 보자.(사진)] - 7일 전

[진짜 학교를 통신 안 하고 직접 다니네?] - 6일 전

[다음엔 너도 대회 나가야지.] - 5일 전

[또 못 나가면 내가 너 찾아가서 직접 말 좀 해 줘야겠다. 빨리 그만두라고.] - 5일 전

[친구들이랑 사이좋네?] - 3일 전

[상담 다녀? 가지가지 한다. 가서 무슨 얘기 해?] - 2일 전

[훈련은 언제 가?(사진)] - 17시간 전

이런 건 안 보는 게 좋다는 걸 알면서도 나는 화면을 쭉 내렸다. 계정이 생성된 시기는 약 이 년 전. 계정 생성 직후에는 몇 달에 한 번 올릴까 말까 할 정도로 드문드문하더니 최근 세 달간 글을 상당히 많이 작성했다. 마지막 글이 17시간 전인 걸 보아, 계정 주인은 아직 나에게 큰 관심을 가지고 있었다.

계정에는 일상 이야기도, 다른 사진도 없고 줄글로 된 게시물이 대부분이었다. 이미지가 첨부된 글은 딱 두 개뿐이었다. 일주일 전에 올라온 건 컴컴해서 뭘 찍은 건지 한눈에 구분이 안 됐고, 다른 하나는 고속 이동 통로를 찍은 사진이었다.

"이게 뭐야?"

운하 사진을 찍느라 바쁘던 유이도 이상한 낌새를 느끼고 고개를 들이밀었다. 유이는 스레드 글을 쭉 훑어보더니 인상을 찌푸렸다.

"미친, 음침해. 저거 스토커 아니야?"

"그냥 심해수영 광팬이겠지. 더 내려 보면 다른 애들 얘기도 있어."

"딱 하나? 나머지는 다 네 얘긴데? 주변 사람이면 너라는 거 다 알 만한 내용들이잖아. 학교랑 학년, 반까지 특정했는데? 그리고 이 사진 좀 봐."

유이가 우주의 하이퍼폰 밝기를 한껏 키우고 사진을 확대했다. 하이퍼폰이 새카맣기만 하던 사진의 해상도를 올렸다. 그래도 그리 선명하지 않기는 마찬가지였지만.

"이거 심해수영 레인이잖아. 모파, 너 밤에 훈련하러 나간 적 있어?"

"음, 몇 번 정도. 훈련 시간 적었던 날에만 잠깐 다녀온 거야."

가끔이 아니라 지난주에 사고 나기 전까지도 밤마다 레인을 돌았지만, 유이도 코치님 못지않게 잔소리가 심했기 때문에 나는 거짓말을 했다. 역시나 유이는 내 말을 믿지 않는 듯 가느다랗게 뜬 눈으로 나를 보았다.

"지난달에 약속해 놓고 또 밤에 몰래 훈련장에 갔다고? 지금 하려던 말은 이게 아니니까 일단 넘어가는데, 나중에 얘기하자."

"잊어버려도 되는데……."

내가 중얼거리는 걸 듣고도 무시한 유이가 사진에 찍힌 인영을 가리켰다. 어둡지만 분명 내 모습이 맞았다.

"방향을 보면 훈련장 밖에서 안을 찍은 거야. 밤에 네가 어디 가는지 아는 사람이라는 뜻이지."

"어떻게 그렇게 연결이 돼?"

"일단 스토커가 일반인일 경우. 일반인이 도심에서 여기까지 오면서 널 따라잡을 수 있을 리가 없어. 너보다 먼저 출발했든 늦게 출발했든 네 목적지를 알고 있었을 거야."

"아."

"스토커가 선수일 경우. 널 따라갈 수야 있겠지만 그만큼 속도를 내야 하잖아. 그 정도의 움직임이면 파동이 있을 텐데 네가 모를 수 없었을 거고. 어찌 됐든 네가 갈 곳을 미리 알았으니까 훈련장까지 따라간 거지."

"근데 사진 올라오기 전에 어디 가냐고 했잖아. 그럼 저건 무슨 뜻이지?"

"음, 그게 또 걸리네. ……하지만 의도적으로 모파를 따라다닌 건 확실해 보여."

유이는 이미 스토커의 존재를 확신하고 있었다. 나는 괜히 주위를 둘러봤다. 딱히 우리를 지켜보는 사람은 눈에 띄지 않았다.

내가 그동안 느끼던 인기척이 진짜였던 걸까. 지금까지 아무렇지 않게 있었던 공간에 의심이 끼어들었다. 나는 불편한 기분을 떨쳐 내려고 애써 유이의 말을 부정했다.

"어휴, 신경 안 써도 될 거야. 이러다 말겠지."

나는 유이에게서 하이퍼폰을 뺏어 우주에게 돌려주었다. 우주가 머뭇거리다가 물었다.

"모파, 괜찮아?"

솔직히 괜찮지 않았다. 감이 떨어졌네, 애는 시 대표 되기는 글렀네, 그냥 그만둬라, 하는 말이 날아와 꽂힌 자리가 욱신거렸다. 나는 아무렇지 않은 척 웃었다. 그래야 애들 앞에서 비죽 나오려는 눈물을 참을 수 있을 것 같았다.

"당연히 괜찮지. 알지도 못하는 사람이 마음대로 떠드는 거 관심 없어."

"그래, 자기는 뭐 얼마나 잘났다고 남의 얘기를 저렇게 하나? 재수 없게."

"다 맞는 말만 했는데, 뭘."

"맞는 말은. 나한테 맞고 싶어서 하는 말이겠지."

"넌 진짜 때릴 것 같아서 걱정된다."

"과연 어떨까? 그보다 우주 너는 저런 계정을 어떻게 알게 된 거야?"

유이가 질문을 던지자 우주가 우물쭈물 대답했다.

"아, 그게. 공개 피드에 뜰길래 보다가⋯⋯."

"그런 걸 공개로 올린다는 것부터가 내심 당사자 눈에 띄길 바란다는 거 아니야? 그렇다고 스토킹이나 불링으로 걸리긴 싫으니까 태그는 안 하고, 일부러 주어도 모호하게 흐리고. 으, 제일 상종하기 싫은 부류⋯⋯ 어어! 꺅!"

열심히 말하던 유이가 한 손으로 입을 틀어막으며 전광판 사진을 찍어 댔다. 예선 전체 1위는 어김없이 운하였다. 유이는 축하한다며 운하에게 손을 흔들었다. 나는 당연하다는 듯 살짝 웃으며 경기장을 빠져나가는 운하에게서 눈을 뗄 수 없었다.

운하는 앞으로도 심해수영을 하겠지. 당연히 계속 좋은 성적을 받아서 전 대양 대회에도 나갈 거고, 선수로서 살아가겠지. 운하가 본인의 수영 스타일처럼 매끄럽고 힘 있게 헤쳐 나갈 미래가 내 눈에도 보이는 것만 같았다.

"⋯⋯어쨌든! 그놈은 우리가 예의 주시 할 필요가 있어 보인다. 모파는 계정 더 들여다볼 생각하지 말고. 정신 꽉 붙들어 맬 생각이나 해."

"어, 응."

나는 운하가 있던 곳을 멍하니 보다가 유이에게 물었다.

"유이, 넌 학교 졸업하면 무슨 일 할 거야?"

"나? 만화가."

"너 그림 그렸어? 언제부터?"

"취미로 그린 지는 좀 됐는데 학원은 얼마 전에 등록했어. 나 만화 좋아하잖아. 한번 해 보려고."

"우주 너는?"

"나는…… 글쎄, 대학교 갈까 생각 중이야. 엄마는 요즘 누가 대학까지 가냐고 뭐라 하시지만."

"하긴, 넌 공부 잘하니까. 나중에 갑자기 돔 연구원 됐다고 해도 그렇구나, 하고 넘어갈 수 있을 듯."

"돔 연구원이 될 정도는 아니고……."

오랫동안 붙어 다녔으면서 우주와 유이가 뭘 하고 싶어 하는지 몰랐다. 내 목표를 향해 나아가기도 바빴으니까.

나의 주변은 심해수영을 하는 애와 하지 않는 애로 나뉘었다. 운동부처럼 뚜렷한 목표를 가진 애들을 제외하면 학교에는 꿈이 없는 애들이 훨씬 많았다. 나중에 하고 싶은 일이 뭐냐고 질문하면 싫어하는 경우가 있어서 나도 점점 이런 질문은 하지 않게 되었다. 그래서 '운동하지 않는' 우주와 유이에게도 꿈이 뭔지 물어볼 생각을 안 했던 것 같다.

나는 내가 평범한 애들이랑 다르다고 생각했다. 원래 하던 대로 심해수영만 하면 되니까 남들처럼 방황하지 않아도 된다고, 난 이미 꿈이 있는 사람이라고 믿어 왔다. 하지만 만약 내가 어른이 되어서까지 심해수영을 할 정도의 재능을 가진 게 아니라면 나는 이제 와서 뭘 할 수 있을까?

이 자리에서 나만 동떨어져 있는 기분. 저 먼바다까지 혼자 떠내려갈 듯한 기분은 대회가 끝나고 친구들과 헤어질 때까지도 사라지지 않았다. 여러 문제가 나에게 매달려 무겁게 늘어졌다.

"잘 가!"

"응, 너희도."

그러다 등 뒤에서 내 쪽을 향해 플래시가 터진 듯 주위가 짧게 밝아졌다 어두워지는 걸 봐 버린 순간, 누군가 나를 억지로 현실에 끌어다 놓는 것만 같았다.

잠시 머무르는 곳

온 도시가 처음부터 물에 잠겨 있는 건 아니었다. 우리 부모님이 태어나기 전까지만 해도 사람들은 도시 전체에 공기 방울을 씌워 두고서 바다로 내려오기 전의 생활을 유지하는 데 온 자원과 기술을 동원했다. 수중 생활을 택한 인류 모두가 하나의 도시에서 살았고, 도로에서는 대부분 걸어 다녔다.

하지만 바닷속에서는 바닷속의 삶이 필요한 법이었다. 심해에 적응하면서 진화 촉진제를 복용하는 사람이 늘었고 태어나는 아기의 모습이 점점 이전 세대와는 달라졌다. 아가미, 지느러미, 비늘 중 한 가지를 가지고 있거나 모든 걸 가진 아기가 늘었다. 대부분의 아기들은 태어나자마자 자연스럽게 물속에서 지냈고 오히려 폐 호흡 교육과 음성 사용 교육을 따로 받았다.

엄마가 중학생이던 무렵 첫 수중 도시인 초지시의 벽이 수압을

이기지 못하고 무너졌다. 많은 사람이 죽거나 다쳤다. 그 영향으로 두 번째 수중 도시 해원시는 구역의 절반 이상이 수중 생활에 맞게 설계되었다. 더는 모든 건물이 땅에 붙어 있지 않았다. 엄마는 나를 낳기 직전까지 진화 촉진제를 꼬박꼬박 복용했다. 해원시에서 신혼집을 꾸리고 지내다가 신도시, 그러니까 청운시가 완공된 후에 신축 주택 입주 추첨에 당첨되어 이사를 오게 되었다.

청운시는 수중 생활을 기본으로 만들어졌다. 모든 길과 건물, 공공시설에 물이 있는 것이 당연했고 가끔 복지를 위해 단수 부스가 마련되어 있을 뿐이었다. 수중 생활 지원 대상자거나 돈이 아주 많은 경우는 집에 단수가 가능한 방을 만들어 두고 살기도 했다.

"지구의 바다가 범람하면서 사람이 발을 디디고 살아갈 수 있는 땅이 좁아져 갔어요. 높은 산 위로 올라가 살아남은 사람들의 후손은 고산종이 되었고 물속에 도시를 만들어 적응한 사람들의 후손은 심해종이 되었죠. 오랜 기간 단절된 끝에 다시 만난 심해종과 고산종 사이에 폭력 사태가 일어났어요. 그래서 각 수중 도시의 시장과 고산의 대표 들이 모여서 문화 교류를 진행하기로 했죠. 이번 교환 학생 프로그램도 문화 교류 사업의 일환이라고 보면 됩니다. 거기 맨 뒤에 모파, 눈 뜨고 자는 거 아니지?"

"네? 네, 네, 안 잤어요."

역사 선생님이 의심하는 눈빛으로 나를 보다가 지루한 설명을 이어 갔다. 교실에는 나를 포함해서 심해종 애들 여섯 명, 그리고 우주인 같은 옷을 입은 고산종 애들 여섯 명이 앉아 있었다. 나는 내가 왜 여기에 와야 하는 건지 아직까지 납득이 안 된 상태였다. 심지어 이 수업은 하이퍼 통신으로 접속하는 것도 허용이 안 되었다.

나는 뻑뻑한 눈의 주변을 몇 번 문질렀다. 지난밤에 잠을 자지 못했다. 불빛의 정체를 밝히지 못해 신경이 곤두선 탓이었다. 분명 뒤에 누군가 있었던 게 맞는데 어떻게 그렇게 빨리 도망간 건지 모르겠다. 설마 스레드 계정에서 계속 내 얘기를 하던 그 사람이었던 걸까.

내 일만으로도 머리가 터질 것 같은데 엄마가 나 몰래 홈스테이 가정 신청을 하는 바람에 귀찮은 일까지 떠맡게 되었다. 엄마는 '버디' 활동을 해야 한다는 소식을 바로 전날에 알려 줬다. 나더러 2주 동안 고산종 교환 학생이랑 등하교도 같이 하고 학교를 구경시켜 주란다. 학교가 다 똑같지, 뭘 보여 주라는 건지도 모르겠고 버디 같은 것도 하고 싶지 않았다.

안 하겠다고 몇 번을 말했는데 홈스테이 신청은 취소가 안 된다고 엄마가 거듭 부탁했다. 내가 버디를 하지 않겠다 해도 고산종 교환 학생은 우리 집에서 지내게 될 테니, 피한다고 피해질 일도 아니었다.

'아아, 제발 나 좀 내버려두면 어디가 덧나나.'

역사 선생님은 교환 학생 프로그램을 완벽하게 마무리해야 한다는 의무감으로 온몸에 힘이 잔뜩 들어간 상태였다. 초지시랑 해원시에서는 교환 학생 프로그램이 성공적이었다며 우리도 질 수 없다고 했다. 선생님은 우리에게 고산종 학생이랑 잘 지내라는 말을 몇 번이나 반복했다. 의무적으로 붙어 다녀야 하는 기간은 2주지만, 그들이 여기서 지낼 7주 내내 책임져 달라는 노골적인 신호였다.

다른 애들이야 자발적으로 신청한 거니까 기꺼이 고산종 애들의 친구가 되어 주겠지만 나는 상황이 달랐다. 2주를 어떻게든 넘기고 내 일상을 찾을 생각뿐이었다. 웬만하면 그 2주도 적당히 보내고 싶었다. 지금 봐서는 말이 교환 학생이지, 심해 도시 체험 프로그램에 가까워 보였다.

머리가 띵했다. 훈련을 나가지 않은 지 열흘이 지났는데 내 컨디션은 나아지지 않았다. 무작정 쉬라고만 했던 코치님이 틀렸다. 나는 여전히 피곤했고, 몸을 움직이지 못하니 오히려 정신이 가만히 있지를 못했다.

전에는 훈련이라도 하고 있으면 덜 불안했는데 이제 몰두할 수 있는 일을 잃은 것도 모자라 시시때때로 누가 나를 따라다닌다는 생각에 시달렸다. 주변 사람 중 아무도 날 보고 있지 않다는 걸 확인해도 안심되는 건 잠시뿐이었다. 기둥 뒤, 창문 밖, 길목 어딘가에서 누군가 내 사진을 찍을 기회를 호시탐탐 노리는 것 같았다.

낮에 학교에 와서 비몽사몽 정신을 놓고 있다가도 혼자 남겨지기만 하면 온몸에 힘이 들어가곤 했다. 대체 누가 그런 계정을 만든 걸까.

'스토킹 신고할까? 아직 계정 하나 본 게 다인데, 이런 걸로도 신고가 되나? 대단한 선수도 아니면서 유난 떤다고 하면 어떡하지?'

유이는 내게 신경 쓸 필요 없다고 했지만 신경이 안 쓰일 리가 없었다. 사실은 스토커가 있을지도 모른다는 생각에 잠이 안 온다고, 원래도 오지 않던 잠이 더욱 안 온다고 애들 앞에서 인정하는 게 가장 어려웠다.

'스토커가 있다는 증거부터 있어야 해. 확실한 걸로.'

주어가 특정되지 않은 줄글 십여 개와 내가 나온 건지 만 건지도 모를 흐릿한 사진만으로는 부족했다. 내 모습이 아주 작게 나왔던 고속 이동 통로 사진도 한껏 확대하지 않으면 사람이 찍혔다는 사실조차 확신할 수 없는 정도였다. 문제는 무슨 수로 스레드 계정 주인을 찾을 것인지, 그 사람이 나를 따라다닌 게 맞는지 어떻게 확인하냐는 거였다.

"모파, 무슨 생각을 그렇게 해? 가자."

수림의 목소리를 듣고 퍼뜩 고개를 들었다. 어느새 수업이 끝나 있었다. 특별 수업인 만큼 모든 교환 학생과 버디가 꼭 나와야 한다더니, 결국 한 거라고는 중학교 역사 첫 수업 수준의 얘기가 전부였다. 나는 수업만 듣고도 지쳤는데 수림은 졸린 기색 하나 없었다.

"오늘 수업 되게 재밌었다, 그렇지?"

"재밌다고? 고산종은 이런 수업이 없어?"

"당연히 있지. 근데 들어도 들어도 재밌어. 역사 좋아하거든. 결국 고산종, 심해종으로 나뉘기 이전에 우리는 한 갈래였다는 거잖아."

"옛날에도 인종 구분은 있었대. 피부색에 따라서."

"난 그 얘기 들을 때마다 이상하더라. 사진 찾아보니까 피부색의 기준이 모호하던데. 인종이 아니라 주 서식지별로 구분했어야 하는 거 아니야?"

"그래서 지금은 하고 있잖아. 서식지별 구분. 진화 촉진이 안 됐으면 무슨 의미가 있나 싶기도 한데."

나와 수림은 함께 교실을 빠져나갔다. 학교에는 교환 학생과 버디들밖에 없었다. 분명 평소보다 많은 사람이 와 있는 건데도 하이퍼 통신으로 등하교하는 애들의 홀로그램이 전부 꺼져 있으니까 학교가 휑해 보였다.

우리 집에서 홈스테이를 하는 고산종 교환 학생은 바로 수림이었다. 첫날 오리엔테이션 때 수림이 나와 아는 사이라며 모두가 보는 앞에서 반가운 체를 한 탓이었다. 나는 쓸데없이 주목을 받은 것도 모자라 성가신 수림과 짝까지 되었다.

이런 식이면 수림과 거리를 두기는 불가능하다고 봐야 했다. 절망적이지만 나는 계획을 빠르게 수정했다. 수림이 허튼소리를 하진 않는지 곁에서 지켜보는 쪽으로.

수림이 다른 사람들 앞에서 전망대 얘기를 꺼낼까 봐 걱정했는데, 다행히 수림은 나와 우연히 만난 적 있다는 말만 하고 넘어갔다. 애가 지나치게 해맑기는 해도 눈치가 아주 없진 않나 보다. 수림에 대한 인상이 조금 좋아졌다. 이후에 네가 세윤고 학생인 줄은 몰랐다고 호들갑을 떠는 수림한테 한참 붙들려 있으면서 다시 인상이 나빠졌지만.

"모파! 수림!"

엄마가 교문 앞에 잠수차를 세워 놓고 우리를 기다리고 있었다. 이대로 우리는 주말 동안 캠핑을 다녀올 예정이다. 내가 조수석에, 수림이 뒷좌석에 탔다. 잠수차 트렁크에는 이미 우리가 싼 짐이 실려 있었다. 짐이라고 해 봐야 별거 없었다. 특별 수업 끝나고 바로 캠핑장으로 가야 하니 짐을 싸 두라고 엄마가 아침부터 몇 번이나 재촉하니까 가방에다 아무 옷이나 구겨 넣은 게 다였다. 이제 와서 헤드폰을 챙기지 않은 게 생각나 아쉬웠다.

'내내 시끄럽게 있다 오게 생겼네.'

나는 별거 없는 창밖을 내다보며 앉아 있었고 엄마와 수림은 만나자마자 무슨 할 말이 그렇게 많은지 둘이서 신나게 수다를 떨었다.

“학교는 좀 어때?”

“진짜 좋아요! 건물도 운동장도 특이하게 생겼고, 특히 수업이 재밌었어요. 역사에 대한 고산종이랑 심해종의 관점이 어떻게 다른지 알 수 있어서요. 아, 그리고 학교에 종이가 한 장도 없는 게 흥미로웠어요. 고산 학교는 어딜 가나 종이가 넘치거든요.”

“물속에서 쓸 수 있는 종이가 있기는 하지만, 보급까지 하기에는 과거 제지 기술이 별로 좋지 않았대. 어쩔 수 없이 기계를 활용해야 했어. 난 홀로그램 공부는 안 좋다고 생각하는데 말이야. 우리 때부터 터치 기능 없는 교과서로 공부하는 게 효율이 떨어진다는 얘기는 많이 나왔거든. 다들 말만 하지 방안이 없으니까 그냥 이대로 사는 거야.”

“그래도 미래 도시 같아서 멋지던데요? 생활 환경이 달라서 어딜 가나 새로운 게 넘쳐요.”

“고산 지대도 기술은 많이 발전했지 않나?”

“그렇긴 한데, 통신보다는 장거리 이동 수단이나 농기계, 우주 사업 위주니까요.”

수림은 온갖 것을 다 신기해했다. 하다 하다 도시가 아침엔 밝고 밤에는 어두워지는 것, 잠수차 도로에 물결 차단벽이 있는 것, 학교 층마다 단수 부스가 있는 것까지 이야기했다. 열아홉이 아니라 아홉 살짜리가 말하는 걸 듣는 기분이었다. 아니, 아홉 살도 이렇게까지 눈에 보이는 모든 걸 얘기하진 않을 것 같았다.

엄마는 수림의 얘기를 듣는 걸 즐거워했다. 그런 게 신기하게 보일 줄은 몰랐다며 수림의 말에 일일이 반응하면서 왜 묻는 건지 모를 질문을 자꾸만 던졌다. 그러면 수림도 신이 나서 별별 얘기를 다 늘어놓았다. 한집에서 지낸 지 오늘로 사흘째인데 두 사람은 짧은 시간에 잘도 친해졌다.

"구역마다 높낮이가 다른 것도 신기해요. 물 위에는 모든 건물이 땅에 고정되어 있는데, 여기는 아니더라고요. 그래서 그런지 고속 이동 통로가 좌우로만 다니지 않고 위아래로도 다니는 게 재밌어요."

"모든 건물이 땅에 붙어 있어? 그러면 공간 활용하기가 어렵지 않아?"

"건물을 공중에 띄워 둘 만큼의 기술이 있는 건 아니니까요. 그래도 나름 이것저것 쌓아 올리고 살아요."

"물이 없으면 건물을 떠받칠 힘이 더 필요하겠구나. 나도 참, 청운시 와서 지낸 지 벌써 이십 년이 다 되어 가니까 이제는 도시에 물이 없는 게 오히려 어색하게 느껴져. 같은 수중 도시라도 여기만큼 온 도시가 물에 잠긴 경우는 드문데. 나도 모르는 사이에 이미 익숙해져 있었나 봐. 그러고 보니 수림은 내내 헬멧 쓰고 지내느라 답답하겠네. 차에 물 좀 내려 줄게. 모파, 괜찮지?"

"마음대로 해."

엄마가 라디오 버튼 옆의 수위 버튼을 눌러 3단계에서 1단계로 낮추었다. 차 안의 물이 발목까지 내려왔다. 몸을 떠받쳐 주던 것이 사라지자 조수석 시트에 딱 달라붙어 앉게 되었다. 나는 답답하게 죄는 안전벨트를 만지작거렸다. 수림이 딸깍, 하고 잠수복 헬멧의 전면 유리를 뒤로 넘겨서 열었다.

"와, 감사해요! 잠수복에도 산소 유지 장치랑 에어컨이 있긴 한데, 그래도 열어 놓는 게 덜 갑갑한 기분이 들어서요."

물속에서 조금도 퍼지지 않던 수림의 목소리는 공기 중에서만큼은 크고 뚜렷하게 울렸다. 목소리를 세세한 단위로 구분해 듣고 수월하게 사용하는 대신 수림은 헬멧 없이는 음파를 감지하지 못했다. 그 때문에 우리도 수림과 있을 때는 음성 대화를 주로 하게 됐다. 음성만 사용하다 보면 목이 건조해져서 불편했지만 어쩔 수 없었다.

"맞다, 오늘 이모네도 올 거야."

"뭐? 왜?"

"왜는 왜야. 새삼스럽게."

엄마랑 이모는 사이가 너무 좋아서 문제였다. 일주일에 한 번씩 꼬박꼬박 만나는 것도 모자라 집안에 행사가 있을 때마다 함께했다. 가족여행을 갈 때도 이모네가 빠진 적이 없었다. 이모네라고 해 봐야 이모랑 미류 둘뿐이었지만 우린 이모네라고 묶어서 불렀다.

"내가 어제도 물어봤잖아. 이모 올 거냐고."

"오늘 너네 나가고 나서 연락 왔어. 요즘 이모네 가게가 주말에 엄청 바쁘잖아. 일 못 뺄 수도 있다더니 용케 대타를 구했나 봐."

이럴 줄 알았으면 어떻게든 못 간다고 했을 텐데. 이모가 싫은 건 아니었다. 오히려 좋아하는 편이었지만 요즘은 이모랑 있으면 피곤해져서 웬만하면 피하고 싶었다. 이모는 소문이나 유행에 민감했는데, 그걸 혼자서만 따르는 게 아니라 주변에 있는 모두에게 강력하게, 적극적으로, 가끔은 과하게 권하고는 했다. 대체로 그 희생양은 나였고.

지난번에는 헐렁한 옷이 유행이라며 입고 와서는 몸이 너무 무거우니 나에게 이리 끌어 달라 저리 끌어 달라 귀찮게 했고, 지지난번에는 이상한 재질의 피부 팩을 가져와서 온 집 안의 물을 탁하게 만들었다.

이모가 아니어도 원래부터 캠핑은 가고 싶지 않았는데, 엄마 때문에 강제 참여하게 됐다. 엄마는 나에게 대회 하나하나가 얼마나 중요한지 잘 알고 있을 텐데도 내가 훈련을 나가든지 말든지 걱정하지 않았다.

"훈련 쉰다고? 잘됐다. 다음 주 주말에 다 같이 캠핑 가게 짐 싸 놔!"

"하루만 쉬는 게 아니라 당분간 나오지 말라 했다고."

"그럼 이번 기회에 푹 쉬면 되겠네."

"아니이, 엄마가 코치님한테 적당히 하라고 연락 좀 해 봐."

"그게 먹히겠어? 요즘 애들은 엄마한테 끼어들지 말라고 난리라는데, 넌 오히려 끼어들라고 그러네. 코치님도 다 생각이 있으시겠지."

우리 엄마처럼 자식에게 무심한 엄마가 세상에 몇이나 더 있을까. 체육 하는 애들은 대부분 부모님이 일일이 따라다니거나 지나치게 간섭해서 문제라는데, 우리 엄마와 아빠는 알아서 하라는 말을 입에 달고 살았다. 이러다 내가 잘못 선택하면 어쩔 거냐고 물어도 네 인생이니 잘 고민해 보라는 대답이 돌아올 뿐이었다.

통금도 딱히 없고 친구들이랑 놀 때 캐묻지 않아서 좋기는 한데 가끔씩 이래도 되나 싶을 때가 있었다. 바로 지금처럼 인생의 중대한 순간에는 누군가, 그러니까 가까이 있는 어른이 맞는 길을 정해 줬으면 좋겠다. 나한테 가까운 어른이라고는 부모님이랑 코치님, 학교 선생님들뿐인데 명확한 답을 알려 주는 사람은 한 명도 없었다. 이모도 마찬가지고.

뒤늦게라도 빠지고 싶었지만 중간에 내려 줄 엄마가 아니었다. 우리가 탄 차는 빠르게 캠핑장을 향해 나아갔다.

"와! 우와!"

캠핑장은 청운시의 북쪽 외곽, 가장 높은 구역에 있었다. 주말이라 그런지 사람이 많았다. 캠핑장이라고 해 봐야 똑같은 청운시 안인데 다들 여행이라도 온 듯 즐거워 보였다. 물론 이곳에 있는 누구보다도 수림이 가장 신난 모습이었다. 먼저 도착해 있던 이모가 우리에게 다가왔다.

"왔어?"

"응, 너는 일찍 왔네."

"가게 일찌감치 넘겨주고 나왔어. 형부는? 오늘 못 온대?"

"주말 특근. 안 그래도 일 많은데 누가 사고를 쳤나 봐. 그거 수습하러 갔어."

"에구, 고생이네. 어떻게 된 게 형부랑 나랑 동시에 쉬는 날이 없어."

"그러게나 말이다."

"오! 네가 그 고산종 학생이구나!"

이모는 엄마와 대화하다 말고 수림에게 관심을 보였다. 냅다 수림의 팔짱을 낀 이모가 앞장서고, 나는 뒤에서 엄마와 함께 느릿느릿 따라가면서 입맛을 다셨다. 누가 캠핑장 곳곳에 붙어 있는 규칙을 어기고 물속에서 음식을 먹었는지 근처의 물이 유독 고소했다.

캠핑장은 도시를 둘러싼 돔과 가까운 곳이었다. 항상 어두운 구역인 데다 근처에 발광 플랑크톤의 서식지가 있어서 인기가 많았다. 똑같이 벽 근처라도 보이는 것 하나 없는 전망대 따위보다는 야생 동물이 보이는 구역에 사람이 몰리는 게 당연했다.

굳이 잠수차를 타고 여기까지 와서 줄줄이 설치된 캠핑카에 들어가 지낸다니, 게다가 이런 바보 같은 행위를 좋아하는 사람이 이렇게 많다니. 그런 걸 좋아하는 사람 중에 우리 가족도 포함되어 있다니.

그래도 캠핑장에 온 뒤로는 마음이 조금 편해졌다. 발광 해파리가 든 램프가 푸르스름한 빛을 내며 일렁여서도, 어둑한 캠핑장 바깥으로 하얀빛 가루가 내려앉는 풍경 때문도 아니었다. 설령 정말로 스토커가 있더라도 여기까지 따라올 수 없었을 거라는 생각 때문이었다.

우리가 이틀 밤을 보낼 캠핑카는 중형차 구역을 지나 대형차가 모인 곳에 있었다. 대형차는 여섯 명 이상인 팀이 선택하는 경우가 많았다. 아무리 수림이랑 이모네가 같이 왔어도 우리 인원이면 중형차로 충분할 텐데 엄마는 널널한 게 좋다며 대형차를 고집했다.

대형차는 작은 주택이나 다름없어 보였다. 중형차보다 마당이 훨씬 넓고 캠핑카 안에 단수 구역도 몇 군데 있었다. 마당 한가운데 은은하게 빛나는 해파리 램프 근처도 단수 구역 중 하나였다. 반투명한 차단벽 너머로 누군가 이미 한 자리를 차지한 것이 보였다. 사촌 미류였다.

미류는 캠핑 의자에 늘어져서 홀로그램을 부지런히 휘젓고 있었다. 가족 모임에 나오는 법이 없는 애가 캠핑을 오다니 좀 놀라웠다. 쟤는 열두 살짜리가 하는 짓은 벌써 열여섯 살은 먹은 애 같았다.

"요즘 애들은 터치 패드를 전혀 안 쓰는 게 신기하다니까. 나는 손에 닿는 느낌이 없어서 영 적응이 안 되던데."

미류를 보고 그렇게 말한 엄마는 수림과 함께 캠핑카 안의 단수 시설을 확인하러 들어갔다. 나는 두 사람에게 내 짐을 넘겨준 뒤 달리 하는 일 없이 마당이나 돌아다녔다. 그러다 이모에게 잡혀 주방으로 끌려갔다.

"아, 왜. 난 물에 퍼지는 팩 별로라니까."

"너는 이모를 무슨 스레드 광고 계정처럼 보니? 저거 좀 옮겨 줘. 나 혼자 하려니 힘들다."

"저걸 누가 다 먹어?"

"먹을 수 있네요. 잔말 말고 서두르자. 그래야 저녁 준비하지."

주방 입구에 식재료가 한가득 쌓여 있었다. 주방에는 물건을 띄워 줄 물이 한 방울도 들어차 있지 않으니까 물 있는 곳까지만 끌어다 놓은 모양이었다. 이모는 과일 한 바구니를 조리대에 옮겨 놓고서 주방 의자에 주저앉아 버렸다.

"아이고, 죽겠네. 나머지는 모파 네가 옮겨 줘야겠다."

"고작 그거 옮기고 힘들다 하는 거야?"

"내가 저거 전부 요 앞까지 가져왔잖아. 어리고 튼튼한 네가 힘 좀 써 봐. 난 이제 단수 구역에서 내 몸 가누기도 힘들다."

"그러게 적당히 먹을 만큼만 사지 그랬어."

"캠핑 왔으면 배 터지게 먹어야지! 나 요즘 요리 학원 다니거든. 가열 요리 만들어 줄게.”

그럼 그렇지. 이번에 이모가 새롭게 꽂힌 대상은 단수식 가열 음식이었다. 따듯하게 데우는 정도가 아니라 펄펄 끓는 뜨거운 음식을 만들겠다고 했다. 학원에서 배운 걸 어떻게든 활용하려고 식재료를 지나치게 많이 산 것이 틀림없다.

나는 주방 입구와 안쪽을 왔다 갔다 하며 여러 생선과 과일, 채소를 조리대에 올려놓았다. 달걀이 한 판이나 있었고 조개 소시지와 각종 미역무침도 한가득이었다. 이 정도 양이면 이틀이 아니라 일주일 정도는 버틸 수 있을 것 같았다. 반찬 통을 차곡차곡 쌓던 나는 맨 밑에 깔린 밀폐 용기를 발견했다.

“이건 뭐야?”

“그거 지금 열면 안 돼. 안에 밀가루 들었거든. 취급하기 어렵다더니 너무 비싸더라.”

“그래? 이거 유일이랑 유이네 집에 포대로 있던데.”

“허어, 알고는 있었지만 진짜 부잣집이네. 어릴 때 네가 그랬잖아. 걔네 집 놀러 가서 가열 스파게티랑 아이스크림 먹고 왔다고. 되게 새로운 맛이라고 나한테 자랑했는데.”

내가 그랬다고? 이모한테 시시콜콜 많이도 얘기했구나. 이모는 내 말을 잘 들어 주니까 이모에게 여러 이야기를 했던 것 같다. 지금이야 듣기만 잘 들어 준다고 말을 안 하는 거지만 어릴 땐 이모가 내 말에 하나하나 반응해 주는 유일한 어른이었고 최고의 대화 상대였다. 뭐, 그때까지는 그랬단 얘기다.

"전체 단수 가능한 집이 청운시에서 몇 없는데 그런 곳에서 사는 집안의 둘째가 진화를 전혀 안 했다고 해서 너희 초등학교 들어갈 때부터 꽤 유명했어. 적응 못 하고 금방 초지시로 이사 갈 줄 알았는데 잘 지내네."

"초지는 벽 무너졌던 곳인데 불안해서 어떻게 살아. 청운이 낫지."

"그거 보수 공사 한 지가 언젠데. 지금은 괜찮아."

그걸 어떻게 믿지. 사고가 보통 큰 게 아니었다는데. 나 같으면 벽이 또 무너질까 봐 못 살 것 같았다. 그런 생각을 하는데 이모가 탐정처럼 눈을 가늘게 뜨고 날 쳐다봤다.

"모파, 방금 못 믿겠다고 생각했지?"

"……어떻게 알았대."

"네 얼굴만 보면 다 알지. 너 태어났을 때부터 옆에서 봤는데."

이모는 잊을 만하면 날 낳으면서 엄마가 얼마나 고생했는지, 내가 어릴 때 어떤 행동을 했는지 얘기하곤 했다. 얼마나 많이 들었는지 이젠 레퍼토리를 외울 지경이었다.

"넌 어릴 때부터 조금 불안하다 싶으면 꼭 피해 다녔어. 왜, 놀이터에서도 같이 놀던 애가 나무에 세게 부딪혀서 피가 많이 난 적이 있는데 그 뒤로는 너도 그 나무 근처에 절대 안 가려고 하더라."

"나는 기억 안 나는데."

"그치, 유치원 들어가기도 전이니까. 어쨌든 넌 걱정을 그만해야 돼. 뭘 해도 될 나이에 무슨 겁이 그렇게 많냐."

"내가 무슨 겁이 많다고 그래? 이모야말로 겁쟁이면서?"

"귀신 무서워하는 거 말고. 내 말 무슨 뜻인지 알잖아."

모를 리가 없었다. 그런데도 괜히 머쓱해져서 이모에게 톡 쏘듯이 대꾸하고 말았다. 이모는 부엌 입구 근처의 건조기로 들어가서 머리부터 발끝까지 바싹 말리고 나오더니 당장 사용할 식재료를 빼고 전부 냉장고와 찬장에 넣어 버렸다. 넓은 캠핑카 내에서도 전신 건조기는 부엌에만 있었다. 저기 들어가면 피부가 너무 건조해져서 싫던데 이모는 요리 학원에 다니면서 익숙해졌다며 잘만 드나들었다.

"수림이랑 지내는 건 어때? 아까 얘기해 보니까 애가 성격 좋던데."

"엄마 때문에 어쩔 수 없이 같이 지내는 거지."

"까칠하긴. 친구도 많이 없으면서. 이번 기회에 새로 사귀면 얼마나 좋아. 고산종 친구라니 흔한 기회도 아니고."

이모가 밀폐 용기를 열었다. 안에는 하얀 밀가루가 한가득 들어 있었다. 다른 밀폐 용기에 든 것도 비슷했다. 관리하기 어렵고, 손 많이 가고, 물 위를 그리워하는 사람들이 좋아하는 것들. 나로서는 굳이, 그렇게까지 궁금해한 적 없는 요리의 재료들이었다.

"이모, 물 밖으로 나가 보고 싶어지기라도 했어?"

"아니, 그냥 이런 게 유행이래서. 옛날 감성 있는 거."

"밀가루 음식이 감성이야? 유행 따라가기 힘드네."

"다 그렇지, 뭐. 너도 내 덕분에 이런 거 먹어 보는 줄 알아. 요즘 수요 많아서 밀가루 물량 달린대."

이모가 밀가루를 큰 그릇에 옮겨 담고 물을 부었다. 물 섞이지 말라고 밀폐 용기에 넣어 와 놓고 물을 붓는다니. 과정을 알고는 있었지만 역시 이상해 보이는 건 어쩔 수 없었다.

"그걸로 뭐 만들려고?"

"수제비. 다른 건 하나도 안 넘어가는데 신기하게 뜨끈한 육수는 잘 넘어가더라. 입덧이 너무 빨리 와서 큰일이야."

"뭐? 웬 입덧?"

"이모 임신했거든."

"엥? 어어? 응? 임신? 임신이라고?"

나는 벌떡 일어나며 입을 떡 벌리고 이모를 봤다. 이모는 엄청난 소식을 전해 놓고 아무렇지 않게 밀가루 반죽을 뭉쳤다.

"역시 더 생각해 볼 걸 그랬나? 가끔 너무 서두른 건 아닌가 걱정돼. 미류 가질 때도 내가 정말 가족을 만들 준비가 된 건지 확신하기 어려웠는데."

평생 혼자 살겠다던 이모는 내가 여섯 살일 때 마음을 바꿨다. 여전히 결혼할 생각은 없지만 아이를 낳아 키우겠다고 했다. 생활 동반자가 없으면 보호자 의무 교육이랑 시험이 훨씬 어렵다는데, 이모는 알아서 교육을 수료하고 시험에도 합격한 뒤 어느 날 난데없이 임신 소식을 엄마에게 전했다고 한다.

나는 이모가 가정을 꾸리려 한다는 사실을 처음부터 알고 있었다. 아직도 어렴풋이 기억난다. 내용은 정확히 떠오르지 않지만, 그때 이모가 여섯 살짜리한테 고민 상담이라며 이것저것 털어놓곤 했다.

지금 이모와 미류는 둘이서도 어엿한 가족으로 잘 살아간다. 이모는 자신이 원하던 형태의 가정을 꾸려 냈다.

"어떻게 확신부터 해? 그냥 여태까지 이모가 잘해 왔으니까 아, 잘했구나, 하고 지금에 와서 아는 거지."

"우리 조카가 아주 다 컸네? 이모한테 이런 말도 하고. 옛날에는 '이모, 모파는 이모 편이에용.' 하더니."

"내가 언제? 아니거든?"

"맞는데. 아직도 기억이 생생한데? 덕분에 그때 내가 용기 낸 거잖아. 모파가 이모 편이라서."

"에잇, 그 얘기 그만해."

여섯 살짜리가 열심히 편들어 주던 것 가지고 놀리기나 하고. 가만 보면 이모는 날 놀리는 맛에 찾아오는 것 같다.

"엄마는 알아? 둘째 얘기."

"아니."

이모가 씩 웃었다. 어째 불안감이 싸하게 올라왔다.

"초지시로 이사 갈 거야. 가게도 정리하고. 그 전까진 너희 엄마한테 비밀이야. 아직 어떻게 설명해야 할지 생각 못 했으니까.”

“그게 무슨 소리야?”

이건 내가 한 말이 아니었다. 수림과 함께 부엌에 들어오던 엄마가 한 말이었다.

“어, 엄마.”

나는 부들부들 몸을 떠는 엄마와 아무 대책 없어 보이는 이모를 번갈아 보다가, 도망치기를 선택했다. 수림을 데리고 부엌에서 나왔다는 뜻이다. 이모는 내버려두고.

“모파! 어디 가! 나 도와줘야지!”

“……”

이 캠핑은 아무래도 망한 것 같다.

진실 찾기

　어쨌든 캠핑이 중단되지는 않았다. 엄마는 나가서 조금 운 것 같지만 금방 추스르고 돌아왔다. 나는 엄마에게 괜찮냐고 묻기가 머쓱해서 별말 없이 이모를 도와 음식을 옮겼다. 식탁에는 이모가 만들어 준 수제비, 수림이 만든 초코 쿠키, 엄마와 내가 준비해 온 어묵과 샌드위치, 배달시킨 튀김 세트가 올라갔다.

　"제가 아는 튀김이랑은 느낌이 달라요. 이건 기름기도 전혀 없고…… 식감이 바삭바삭하다고 해야 하나? 입안에서 톡톡 튀어다니는데 그렇다고 파핑 캔디 같은 느낌은 아니고요. 그건 '따다다닥!'이잖아요? 이건 '드드득, 부석부석, 빠삭빠삭'이에요."

　수림은 자기 하이퍼폰에 대고 음식 맛을 설명하느라 바빴다. 나중에 편집해서 여행 로그로 올릴 거라나. 폰 카메라에 음식을 이리저리 보여 주기까지 했다. 초점은 안 맞는 것 같지만 나름 열심인 수림 옆에서 나는 샌드위치를 하나 집어 먹었다. 수제비는 아직 김이 펄펄 올라오고 있어서 바로 손댈 엄두가 나지 않았다. 수림은 뜨거워 하면서도 수제비 국물을 잘도 떠먹었다.

"수림, 내가 만든 거 어때? 물 밖에서 먹던 거랑 비슷해?"

"되게 맛있어요! 그리고 수제비는 좀 특이한 것 같아요. 엄청 동글동글하게 만드셨네요."

"어? 이렇게 만드는 거 아니야? 레시피 보고 따라 했는데."

"틀린 건 아닌데, 보통은 밀가루 반죽을 찢거나 적당히 만져서 넣죠. 하나하나 예쁘게 빚지는 않아요."

수림이 영상을 다 찍자 이모가 수림의 옆에 붙어서 여러 질문을 쏟아 내기 시작했다. 이전 같으면 이모가 하는 질문들이 쓸데없는 호기심이라고 생각했을 텐데, 지금은 초지시로 이사 가기 전에 궁금한 것들을 알아보는 걸로 보였다.

"평소에 이만큼 뜨거운 음식 많이 먹어?"

"대체로 음식을 조리해서 먹는 건 맞아요. 샌드위치처럼 그냥 먹는 음식도 많지만요."

"그럼 국물 요리는? 매 끼니마다 국물 있는 음식을 먹는다는 게 진짜야?"

"그건 집안 식습관에 따라 달라요. 볶는 걸 좋아하는 집도 있고, 양념에다 버무려서 반찬을 먹는 집도 있고, 빵이랑 버터가 주식인 집도 있고. 취향 차이죠. 아, 물은 매번 끓여 마시는 편이긴 해요. 근데 꼭 끓자마자 먹는 건 아니고요. 차게 식혀서 두고두고 마실 수도 있으니까요."

이모는 어쩌다 먼 초지시로 이사하겠다는 마음을 먹게 됐을까. 다른 도시로 넘어가는 건 결코 쉬운 일이 아니었다. 게다가 초지시는 바다로 내려오게 된 사람들이 처음으로 지은 도시라, '심해'라고 보기 어려운 곳에 있었다. 시설도, 식생활도 청운과는 비슷한 점보다 다른 점이 훨씬 많아서 기껏 비싼 돈을 써서 이사 갔다가도 적응하지 못하는 경우가 제법 많았다. 아가미가 있는 사람은 웬만하면 초지시까지 올라가지는 말라는 얘기가 있을 정도였다.

"초지시에서는 많이들 섞여서 산다는데, 물 밖은 어때? 심해종 사람들 많이 보여?"

"큰 산에는 종종 있다고 들었어요. 운송업 쪽에요. 그런 경우 말고는 딱히 만날 일이 없기는 하죠. 심해종이 어떻게 생겼는지조차 모르는 사람도 많아요."

"역시 그렇겠지? 그보다 너희는 산이라고 하는구나. 우린 도시인데."

"옛날에 손에 꼽게 높았던 산만 지금 발 딛고 살아갈 수 있는 땅으로 남은 거래요."

수림은 귀찮지도 않은지 이모의 질문에 하나하나 대답해 주었다. 밥만 먹고 방에 들어갈 것 같던 미류도 곁에 앉아서 게임에 집중하는 척 수림의 말을 듣고 있었다.

엄마는 이모가 초지시로 가서 지내려는 걸 이해할까. 나로서는 이모의 결정을 이해하기 어려웠다. 이모도, 미류도 아가미가 있는데 중간에 있는 해원시도 아니고 초지시까지 올라가려고 하는 이유가 뭘까. 귀찮고 성가신 이모였지만 정작 멀리 가겠다는 말을 들으니 마음이 이상했다.

"다 먹었으면 나갈까? 지금쯤이면 밖에 엄청 빛날 거야."

이모가 말했다. 슬슬 발광 플랑크톤이 쏟아져 내릴 시간이었다. 우리는 캠핑카 밖으로 나왔다. 시원한 물이 온몸을 감싸며 나를 떠받쳐 주었다. 그 감각이 새삼스러워 나는 손으로 물을 조금 휘저어 보았다. 잡히지도 않고 나누어지지도 않는 것이 그곳에 분명하게 존재하고 있었다. 나에게 당연한 것들이 세상 어디선가는 당연하지 않다고 생각하니 어쩐지 이상한 기분이 들었다.

아까까지만 해도 빛 가루만 드문드문 떨어지던 어두운 바다에 빛으로 이루어진 장막이 드리웠다. 별거 없어 보이던 플랑크톤도 수백, 수천 마리가 모이니까 거대한 하나의 형태처럼 넘실거렸다. 시커멓기만 하던 바깥의 바닷물이 남색 빛깔로 물들었다. 수림과 미류는 하이퍼폰을 들고 벽 쪽으로 가서 영상을 찍었고, 엄마도 기분이 좀 풀린 듯 둘을 따라 바닷속 은하수를 가까운 곳에서 구경했다.

나는 고개를 들어 멍하니 빛이 쏟아지는 듯한 풍경을 바라보다 아직 내 곁에 남아 있는 이모에게 물어봤다.

"엄마가 뭐래?"

"뭐라긴, 너 미쳤냐고 그러지. 연고도 없는 데 가서 뭐 하고 지내려 그러냐고."

"그래서 이모는 뭐라고 대답했는데?"

"그냥, 독립하는 거라고 했지. 그래야 애들 둘을 내가 잘 키워내지."

"여기서는 독립 못 해?"

"응, 너희 엄마 힘들게 할 게 뻔하니까. 알아서 살 테니 신경 쓰지 말라 한다고 안 쓸 사람도 아니고."

엄마는 이모보다 두 살밖에 많지 않으면서 이모를 열두 살은 어린 동생처럼 대했다. 어릴 때 이모가 유독 몸이 약했다나. 이모는 엄마에게 사회 초년생 때부터 도움을 많이 받았고, 지금도 마찬가지라고 했다. 이모가 괜찮다고 해도 엄마가 꼭 나서서 뭐라도 거들었다. 이모는 아이까지 키우는 어른인데도 엄마에게는 여전히 내버려두기 어려운 존재인 것 같았다.

"그래도 초지까지 가는 건 너무 멀다. 왜 다른 데도 아니고 초지야?"

"남들 간다니까 찾아본 건 맞긴 해."

"남들 따라서 할 게 따로 있지."

"하하, 사실 둘째 문제가 가장 커. 뭐가 안 맞는지 촉진제만 먹으면 알레르기가 심하게 올라오더라고. 둘째는 아가미라도 있으면 다행이고, 완전 수중 생활은 어려울 것 같아서 초지 쪽으로 알아보게 된 거야.”

“초지는 잠수차 타고 이틀은 꼬박 가야 하잖아. 고속 철도 운행 시작했다고는 해도 자주 다니는 것도 아니고. 초지보다는 해원이었으면 좋았을 텐데.”

“그렇기는 한데, 초지시는 단수 주택 지원이 더 많으니까. 받을 수 있는 지원은 다 받아야지.”

“그건 좀 현실적인 이유네. 이모답지 않게.”

“뭐? 난 언제나 현실적이었는데?”

둘째를 가지기로 한 것부터 시작해서 이모는 계속 새로운 선택을 하고 있었다. 진화 촉진제가 안 맞으면 앞으로 태어날 아기는 진화 특성이 적을 수 있으니, 그걸 미리 대비하려는 거였다.

“걱정하지 마. 아기 태어나면 보고, 명절 때도 보고, 모파 경기 때도 보면 되지.”

“……교통비가 이사 비용보다 더 들겠다.”

“그러게. 하하, 열심히 벌어야겠네. 가서는 무슨 일을 해야 하나.”

“거기선 옷 가게 안 하려고?”

“그것도 생각 중이야. 식당이나 차려 볼까.”

“되게 뜬금없네.”

“의외로 괜찮을 수도 있지. 직접 해 보지 않으면 이게 나한테 맞는지 아닌지 알 수가 없어. 나도 그냥 해 보는 거야. 아직 도전할 기회가 있으니까."

내가 경기에 나가지 못하게 되면 우리는 아기 태어날 때 한 번 보고, 이후로는 명절 때만 보는 거냐고 묻고 싶었다. 하지만 좋은 미래를 그리는 이모 앞에서 요즘 내 수영 실력이 최악이라는 말을 할 수가 없었다. 나는 머뭇거리다가 결국 이모에게 아무것도 묻지 못하고 넘어갔다.

캠핑 첫날은 상상 이상으로 정신없었고, 둘째 날은 별거 없었다. 엄마와 이모, 수림, 미류는 모여서 보드게임을 했고 나는 침대에 붙어 졸다 깨기를 반복하며 시간을 보냈다.

이모의 충격 발언으로 인해서 이모 같은 어른도 계속 새로운 시도를 하고 무슨 일을 할지 고민한다는 걸 알게 됐다. 나이가 들어서도 자기가 뭘 해야 할지 몰라서 방황하는구나. 그럼 나도, 수림도, 다른 애들 모두 우리 이모만큼 나이를 먹어서도 여전히 헤맨다는 걸까. 그건 좀 사양하고 싶은데.

'무슨 인생에 정답이 없냐. 막막한 일만 가득이고.'

수림에게는 내 진로 문제에다 집안사까지 알리게 된 꼴이 되었지만, 어디 가서 말하지 말라고 당부하진 않았다. 캠핑을 다녀왔다고 해서 수림과 급속도로 친해진 건 아니어도 수림을 어느 정도는 믿을 수 있게 되었다.

지루할 것 같던 주말이 생각보다 빨리 지나갔다. 오랜만에 잠을 잘 잤더니 개운했다. 캠핑카에서 마지막으로 나오던 나는 이모가 깜빡 두고 간 파우치를 챙겼다.

"이모는?"

"병원 예약 내일로 바꾸는 걸 잊어버렸다고 먼저 갔어. 미류 데리고 여기서 병원까지 어떻게 20분 만에 간다는 건지. 걔도 참 정신이 없다니까."

열어 보니 특별한 게 들어 있진 않았다. 나는 하는 수 없이 가방에 이모의 파우치를 넣어 놓고 이모에게 메시지를 보냈다.

파우치 가져가.

이모는 정신이 없는지 메시지를 보고도 답이 없었고, 나도 답장을 재촉하지 않고 하이퍼폰을 집어넣었다. 중요한 물건이면 연락해서 가져가겠지. 모처럼의 모임에 대형 폭탄을 던져 놓고 순식간에, 어쩌면 아무렇지도 않게 자기 할 일을 하러 가 버리는 모습이 이모다웠다.

*

주말이 끝났다는 건 다시 별 볼 일 없는 일상을 이어 갈 때가 됐다는 뜻이다. 나는 하이퍼폰에 남은 수면 기록을 코치님께 전송

하고 훈련장 복귀를 허락받았다. 2주를 쉬고 주말까지 보냈으니
실상 3주 가까이 쉰 셈이었다.

속을 꽉 틀어막던 것이 조금은 허물어지는 기분이 들었다. 하는
일도 없이 하루하루를 보내는 것도 오늘로 끝이다. 나는 함께 등
교하던 수림에게 말했다.

"내일부터 집에 먼저 가."

수림은 조금씩 뒤처지다가 앞서가는 나를 따라 허우적거리며
다가왔다.

"모파, 다시 훈련 나가는 거야?"

"응."

"잘됐다. 푹 쉬었으니까 더 잘할 거야."

수림은 내가 했던 말을 고스란히 기억하고 있었다. 오래 보지도
않은 애가 내 상황을 잘 아는 듯이 말하니까 어색하면서도 껄끄
러운 기분이 들었다. 나는 괜한 감정을 털어 버리려고 발을 한 번
힘주어 굴렀다.

수림의 말대로 더 잘할 수 있으면 좋겠지만, 걱정이 줄어들지
않았다. 쉴 필요가 있다는 코치님 말에 따라 쉬었는데도 결과가
나아지지 않으면 어떡하지? 다 그만둬야 하나? 그만두면 뭘 해야
하지?

"왜 안 물어봐?"

"응? 뭐를?"

"내가 세윤고 심해수영부였던 거, 우리 엄마랑 이모 얘기라든지, 뭐 그런 것들. 궁금한 거 많다더니 지금까지 나한테 아무것도 안 물어보잖아."

수림은 으음, 하면서 한참 고민하는 듯하더니 간단하게 대답했다.

"그냥."

"뭐?"

"대답하기 싫을 것 같아서. 예민한 문제니까. 뭔가 물어본다 해도 네가 대답해 주지 않을 것도 같았고."

"……아니라고는 못 하겠네."

"그래도 다시 훈련 나가게 돼서 다행이야. 그동안 엄청 하고 싶어 했잖아. 심해수영."

적당히 무덤덤한 척 지내고 있다고 생각했는데, 내가 그렇게까지 심해수영을 하고 싶어 하는 걸로 보일 줄은 몰랐다. 수림이 확실하게 말해 주는데도 오히려 당사자인 나는 내 마음을 확신하지 못하겠다.

그저 남는 시간에 아무것도 하지 않는 게 불안한 것 아닐까. 나는 심해수영을 좋아하는 건가? 좋아하면 심해수영을 할 때마다 괴로워서는 안 되지 않나.

"그게 아니면 할 수 있는 게 없거든. 심해수영 훈련을 안 할 때는 뭘 해야 할지 모르겠고, 시간도 안 가고. 간만에 친구라도 만나서 놀려고 보니까 걔네도 평일에 바쁘더라. 아니면 심해수영 선수라서 훈련하러 갔거나."

"심해수영을 좋아하는 거 아니었어? 그래서 선수도 꿈꾸는 건 줄 알았는데."

당연히 좋아한다고, 그러니까 계속 레인에 남아 있었던 것 아니겠냐는 대답이 쉽게 입 밖으로 나오지 않았다. 분명 처음에는 좋아서 시작한 게 맞는데 어느 순간부터 즐거운 마음으로 심해수영을 하진 않았던 것 같다. 잘하고 싶은 마음이 커질수록 재미를 느끼는 일이 줄어들었다. 작은 목표를 달성하는 건 당연했고, 큰 목표를 달성하면 그 뒤의 더 큰 목표를 생각했다.

"할 수 있으니까 하는 거야. 아직 레인에 남아도 된다고 허락받았으니까."

내가 정하는 게 아니었다. 레인이 나를 남겨 둘지 말지 정하는 거였다. 한 번 레인에서 튕겨 나왔으니 두 번은 없었다. 나에게는 이번이 마지막 기회였다.

"누가 허락하는데?"

"코치님도 그렇고, 내 성적도 그렇고. 레인에 있을 자격이 있어야지."

"에이, 그런 게 어딨어. 레인에 있을지 말지는 네가 스스로 정하는 거지."

수림은 모르는 소리를 했다. 하고 싶다고 해서 할 수는 없는 일이 세상에 얼마나 많은데. 그만두는 것도 마찬가지다. 한번 레인에 뛰어들었으면 완주할 때까지는 최선을 다해야 한다. 애매하게 하다 말 거라면 시작도 하지 않는 편이 나았다.

이런 점에서 나와 수림은 정반대였다. 그동안 수림이 해 봤다고 말한 일만 해도 한두 가지가 아니었다. 노래를 배우려고 갔다가 음치에 박치라는 걸 알게 되어 음악은 진작에 포기하고, 운동은 클라이밍이랑 탁구를 각각 한 달, 두 달씩 해 봤댔나.

수림은 직업 체험으로 출판사도 다녀 보고 카페, 식당, 조선소 잔심부름, 심지어 어디 녹차밭에서도 아르바이트를 했다. 단 일주일뿐이었지만. 그 외에도 일이든 공부든 수림은 뭔가를 처음으로 시도하는 데 망설임이 없었다. 나는 그런 수림이 부지런해 보이다가도 그저 놀러 다닌 걸로만 보이기도 했다. 우리 이모처럼.

"하긴, 한 가지를 진득하게 하는 것도 어려운 일인데 내가 그만 둬라 마라 할 수는 없지."

수림은 혼자 결론을 내리고 진지한 표정으로 고개를 끄덕였다. 그래 봐야 헐렁한 잠수복 안을 들여다봐야 보이는 움직임이었지만.

"지금이라도 한 가지를 꾸준히 해 보는 건?"

"그 한 가지를 정하기가 어려워. 아아, 나도 너처럼 잘하는 일이 있으면 좋을 텐데!"

"넌 내가 훈련하는 거 본 적도 없으면서 잘하는지 어떻게 알아?"

“영상으로 봤지. 난 그런 데 들어가면 물살에 쓸려서 저 멀리 떠
내려갈 텐데, 넌 그걸 잘도 거스르더라.”

“영상은 또 언제 봤대.”

“당연히 우주가 보여 줬지. 누가 있겠어.”

우주 이름을 들으니 마음이 무거워졌다. 팔 년 전부터 지금까
지, 우주만큼 자주 나의 경기를 보러 와 준 사람도 없었다. 내 경
기 영상은 나보다 우주가 더 많이 갖고 있을 것이다. 나는 매번 기
대 어린 얼굴로 날 지켜보던 우주의 얼굴을 떠올리다가, 우주 앞
에서는 하지 못했던 말을 수림의 앞에서 꺼냈다. 그건 내가 이모
에게 물으려다 차마 꺼내지 못한 질문이기도 했다.

“만약 네가 잘하는 일을 찾아서 하게 됐는데, 아주 오랫동안 했
는데, 그걸 직업으로 삼을 정도는 아니라고 하면 어떨 것 같아?
빨리 그만둘 거야? 아니면 끝까지 붙잡을 거야?”

수림이 잠시 입을 다물고 조용히 나를 돌아봤다. 둥그런 헬멧
유리에 내 모습이 일렁일렁 비치고, 그 안쪽으로 수림의 까만 두
눈동자가 똑바로 날 향하는 것이 보였다. 나는 잠시 수림을 마주
보다가 시선을 피했다. 내 얘기인 게 너무 노골적으로 티 난 것 같
았다.

“그냥 해 본 소리야. 뭘 그렇게 심각하게……”

“끝까지 해 보고 싶을 것 같아.”

. “어?”

"아주 오랫동안 했다며. 그걸 평생 직업으로 삼는 게 아니더라도 한순간 그만두기는 많이 아쉬울 것 같아. 난 그렇게 아쉬움 느낄 만한 일을 아직 만나진 못했지만, 그래도."

우리는 잠시 별말 없이 발만 움직였다. 수림이 이렇게 진지하게 대답할 줄은 몰랐다. 금방 그만두고 더 잘하는 일을 찾을 거라 할 줄 알았는데 그러지 않은 것도 의외였다.

"우주한테는 말하지 마. 방금 내가 얘기한 거."

"응? 방금 네가 얘기한 게 뭔데?"

우주가 손 인사를 하며 다가왔다. 어느새 우리가 등교 시간마다 만나는 큰길까지 나왔다. 주위 좀 보고 말할걸. 난 멍청이다. 우주는 아무렇지 않은 척 웃고 있었지만 내 눈엔 우주의 얼굴이 경직된 게 훤히 보였다. 우주에게 비밀이라고 말하는 걸 대놓고 들어 버렸으니 아무렇지 않을 리 없었다.

"그냥, 같이 지내면서 서로 규칙 좀 지키면 좋겠다고."

"……그렇구나. 갑자기 한집에 살려면 신경 쓸 게 많긴 하지."

나는 우주가 내 말을 들었다는 걸 알면서도 거짓말했다. 우주도 모르는 척 넘기는 듯했다. 마음이 불편하게 찔렸지만 더 할 수 있는 건 없었다. 당장은 두 개의 진실이 우주에게 알려지지만 않으면 됐다. 하나는 내가 더 이상 우주에게 모든 진심을 털어놓을 수 없게 되었다는 것, 다른 하나는 우주가 나를 믿어 주는 것만큼 내가 나를 믿지 못한다는 것이었다.

"맞다. 우주, 나 훈련 영상 좀 보내 줘."

"어어, 저번에 주지 말라고 했던 거?"

"응, 혹시 지웠어?"

"아니, 가지고 있었지. 바로 보내 줄게."

지금껏 출전했던 경기 영상은 물론이고 훈련 영상도 당일에 꼭 결과를 확인하는 편이었는데, 마지막으로 우주가 찍어 준 훈련 영상은 아직까지 받아 보지도 않았다. 내가 레인에서 튕겨 나오는 순간을 직접 볼 자신이 없어서였다. 이젠 두 눈으로 확인해야 겠다. 그날 경기를 치르는 내 모습이 어떻게 보였는지. 나는 우주가 보낸 영상을 가지고 있다가 자습 시간에 재생해 보았다.

둥근 원을 그리며 한 방향으로 휘몰아치는 레인의 모습. 가장 좋은 자리를 잡은 우주가 정면에서 영상을 찍은 덕에 레인의 눈이 제대로 보였다. 당시에는 어지럽게 일그러져 보였는데, 지금 보니 레인의 눈은 고요하기만 했다.

화면의 오른쪽 아래에 준비 운동을 하는 심해수영부의 모습이 보였다. 그중에는 나도 포함되어 있었다. 순서가 다가오자 모든 선수가 각자의 레인 앞에서 자세를 잡고, 출발.

시작은 완벽했다. 내가 보기에도 나의 스타트 자세는 군더더기 없었고, 출발 신호와 동시에 내 몸이 레인으로 쏘아져 들어갔다. 이상적인 타이밍이었다. 레인의 바깥에서 안으로 파고든 선수들이 물살을 가르며 원의 안쪽 곡선을 타고 올라갔다. 이때까지 나는 순조롭게 선두를 차지했다.

나는 영상 속 내 모습을 확대했다. 전신에 힘이 잔뜩 들어가 있었다. 훈련을 처음 하는 것도 아니고 큰 경기에 나간 것도 아닌데 저렇게까지 긴장한 모습이라니. 기록을 어떻게든 줄여 보겠다고 마음을 다잡던 것이 지나쳤나 보다. 마음이 무거우니 몸이 뻣뻣해지고, 자유롭게 써야 할 근육이 딱딱하게 뭉치니 움직임도 둔해질 수밖에 없었다. 영상 속의 나는 레인의 벽을 타고 올라가려 힘껏 발을 굴렀지만 추진력이 영 좋지 못했다.

주춤하는 사이에 내 뒤를 바짝 쫓던 운하가 나를 제쳤다. 타고났는데 열심히 하기까지 하는 애. 노력하면 노력하는 대로 발전하고, 피드백을 들으면 다음 경기까지 어떻게든 다 고쳐 오는 애. 나는 어느새 내가 아닌 운하를 바라보고 있었다. 심해수영부에서 쭉 함께하면서 운하가 긴장하는 모습은 본 적이 없었다. 매번 성적이 좋으면 당연히 긴장도 하지 않게 되는 건가. 이쯤 되니 치사하게 느껴지기까지 했다.

운하는 순식간에 레인의 꼭대기에 도달했다. 레인 꼭대기에 있을 때 선수의 모습은 처음과는 정반대 방향으로 몸을 뒤집은 모양새가 된다. 배는 위로 향하고 머리를 출발선이자 결승선인 곳으로 향한 채, 비축했던 힘을 전부 쏟아부어야 하는 구간이다.

저 순간의 기억이 생생하게 떠올랐다. 관객석에서는 보이지 않는, 레인 안이기 때문에 볼 수 있었던 운하의 뒷모습이 지울 수 없도록 선명하게 내 머릿속에 새겨졌다. 내가 완주하지 못할 걸 알아차린 찰나에 본 것이 하필 운하라서 그런 건지, 내가 원하는 재능을 운하가 가졌다는 생각 때문에 그런 건지는 알 수 없었다.

3, 4위권에 있던 애들이 나를 따라잡던 그 순간이었다. 나는 팔을 제대로 돌리지 못하고 비틀거리다 그대로 물살에 떠내려가고 말았다. 나아가던 방향의 반대로 밀려나며 볼품없이 허우적거리다가 레인의 오르막에서 출발선으로 내동댕이쳐지고, 그대로 소용돌이를 뚫고 바깥으로 튀어 나갔다. 한순간에 일어난 일이었다.

영상의 화면이 크게 흔들렸다. 영상을 찍던 우주가 놀라는 소리, 우주의 옆에 있던 누가 '방금 저거 모파 맞지?' 하고 묻는 소리, 무슨 일이냐며 관객석에서 웅성거리는 소리. 코치님이 자리에서 일어나고, 코치석에 부딪혀서 쓰러져 있는 나의 모습, 이후 비틀거리며 겨우 중심을 잡은 내가 코치님과 대화를 나누는 모습이 영상에 고스란히 나왔다.

"병원 가야 하는 거 아니야?"

"아프겠다, 어떡해."

나와 코치님의 대화는 전혀 들리지 않았고, 객석에 있던 애들의 대화만 녹음되어 있었다. 당시 내가 듣지 못했던 작은 반응들이었다. 누군지도 모르는 애들이 날 불쌍하게 여기고 있었던 건가. 소리는 끄고 볼걸. 괜한 짓을 했다. 곧 나와 코치님이 훈련장에서 나가며 영상 촬영이 급히 종료되었다.

내가 기억하는 것과 크게 다른 점은 없었다. 차라리 레인에 문제가 있었으면 좋겠는데 달리 트집을 잡을 만한 구석도 보이지 않았다. 그저 내가 레인을 타는 도중에 힘이 빠졌고, 다른 걸 탓할 여지도 없이 모든 문제가 나에게 있다는 것만 명백하게 확인했을 뿐이었다.

그동안 내 기록이 뚝 떨어진 이유가 따로 있을 거라고 믿었다. 날 끌어내린 외부의 요소가 분명 있을 거고, 있어야만 했다. 아무리 수면이 부족해도 심해수영부에서 3위권 안에 드는 선수가 레인의 물살을 버티는 것조차 못 하는 건 말이 안 됐다.

나는 재생이 끝난 영상을 시작점으로 돌렸다. 훈련이 시작되기 전의 장면이 조금 찍혀 있었다. 별생각 없이 훈련 장면으로 화면을 넘기던 나는 손을 멈췄다.

'방금 뭐지?'

다시 맨 앞부분. 영상의 구석에 코치님의 책상과 그 옆의 간이 테이블이 함께 나왔다. 누군가 민트색 음료통을 가져갔다가 돌려놓았고, 곧 내가 통을 집어 이온 음료를 벌컥벌컥 들이켰다.

그래, 그럼 그렇지. 누군가 나의 음료통에 손을 댔다. 난 그걸 모르고 음료를 마신 뒤 훈련에 참여했고 그대로 함정에 빠졌다.

드디어 증거를 찾았다. 그날 모든 걸 망친 건 내가 아니라 알 수 없는 누군가였다. 나는 그 손의 주인이 최근 들어서 날 따라다니는 스토커일 거라고 확신했다.

의심의 씨앗

"아무래도 음료에 근이완제가 들어 있었던 것 같아. 그게 아니면 그런 식으로 한순간에 온몸에서 힘이 빠진 게 말이 안 돼."

나는 캐러멜팝콘을 집어 먹으면서 말했다. 지금 내 손은 어느 때보다도 바싹 말라 있었고, 끝에 기름기가 묻어 반질거렸다. 유이네 집에서는 온몸이 마른 채로 지내는 게 기본이다. 초등학교 다닐 때부터 자주 놀러 온 덕분에 우리는 단수식 거실에서 노는 데 익숙해졌다.

다만 건조기로 인위적인 건조를 하는 과정과 호흡기가 온통 말라붙는 느낌만큼은 아직도 이질감이 들었다. 그런 와중에 달고 짠 것까지 입에 들어오니 목이 탔다.

"음료에 근이완제를? 모파, 너무 멀리 간 거 아니야? 네가 상승 구간에서 힘을 못 낸 건 누가 봐도 이상한 일이긴 한데, 누가 약을 넣었다는 게 사실이라면 그건 단순 컨디션 문제보다 훨씬 큰 일이잖아."

유이가 말했다. 유이는 거실 소파에 우주와 나란히 앉아서 게임기 컨트롤러를 들고 있었고, 호흡 보조기를 착용하지 않은 맨얼굴이었다. 지금은 반대로 유일이 호흡 보조기를 하고 있었다. 유일은 아가미가 유독 발달한 케이스라 물이 아예 없는 곳에서는 숨 쉬는 걸 곤란해했다. 유이의 호흡 보조기에 산소가 들어 있다면 유일의 호흡 보조기에는 맑은 물이 차 있었다. 유일은 건조하다고 투덜거리면서도 꼭 우리랑 같이 거실에서 시간을 보냈다.

"그렇지. 근데 나도 그냥 하는 말은 아니야. 근거가 될 만한 것도 있고. 일단 나 물 좀 마신다."

"근거? 무슨 근거?"

나는 부엌으로 가서 우리 집인 양 냉장고를 열었다. 시원한 공기가 얼굴로 훅 끼쳤다. 결국 답답한 호흡 보조기를 벗어 던지고 거실의 작은 풀장에 뛰어든 유일이 '모파, 내 것도.' 하고 말했지만 무시하고 내 것만 따라 마셨다. 유이네 집에서 내가 가장 좋아하는 건 물을 마시는 일이었다. 이곳에서는 물이 정해진 곳에만 있었고 컵에 담긴 물을 마실 때의 느낌도 생소했다.

물이라는 게 어딘가에 담을 수 있는 물질이라는 걸 처음 알았을 때 얼마나 놀랐는지 모른다. 누군가는 물 바깥에서 살면서 이걸 따로 마셔야 살 수 있다는 것도 이상하게만 여기던 기억이 난

다. 내 눈에 보이는 게 세상의 전부라고 믿던 시절이었다. 지금이야 나와 같은 사람보다 다른 사람이 훨씬 많다는 걸 알지만, 어릴 때는 조금만 낯설어도 특이한 것으로 치부했다.

나는 잠시 냉장고 공기를 만끽한 뒤 물통을 돌려놓고, 거실의 대형 스크린과 연결된 하이퍼폰으로 문제의 영상을 재생했다. 이것만 수도 없이 반복해서 보느라 원래 모여서 보기로 했던 옛날 영화는 시작도 못 하고 있었다.

"동영상 닳아 없어지겠다."

유일이 키득거렸지만 이것도 무시. 나는 수상한 손이 나온 구간을 한껏 확대했다.

"이게 스포츠 모드로 찍힌 거라 레인 밖에 있는 것들은 그렇게 화질이 좋지 않아. 지금으로서는 이 정도가 최대한 선명한 거야."

"어, 미, 미안. 스포츠 모드로 찍어야 홀로그램 연동이 되니까……."

"응? 네가 미안할 게 뭐가 있어. 찍어 준 것만으로도 고맙다니깐."

"그래도……."

우주가 자꾸만 내 눈치를 봤다. 오늘 학교 끝나고 유이네 집에 오지 않겠다는 걸 끌고 왔더니 내내 안절부절못하는 모습이었다. 급한 일이 있냐고 물어보니까 그런 건 아니라고 하고. 아마 핑계를 대고서 빠지고 싶은데 워낙 거짓말을 못하는 탓에 어영부영 날 따라온 것 같았다. 심심하면 오는 게 유이네 집인데, 뭐 때문에 불편해하는 걸까. 우주가 뭔가 숨기고 있다는 생각이 자꾸만 들었다.

"어쨌든 여기 봐 봐. 누가 내 음료통만 가져갔다가 2분 20초 정도 지난 다음에 돌려놨어. 그사이에 뭔가를 내 음료에다 집어넣은 거지."

"심해수영장은 내부 전체가 수중식으로 되어 있어서 음료통도 특수 처리된 걸 쓰잖아. 어떻게 약을 넣어?"

"그래도 화장실은 단수 기능 있잖아. 음료통이야 버튼만 누르면 열리니까 거기 가져가면 되지."

"설마 화장실까지 가서 약을 넣고 왔다고?"

"2분 20초면 충분히 그러고도 남아. 그리고 이것도 봐."

나는 화면을 넘겼다. 문제의 스레드를 유이네 벽 한 면에 큼직하게 띄워 놓고 최근 올라온 글을 가리켰다.

"저 '혜도'라는 계정, 주어 없이 말하는 척하면서 계속 내 욕을 하고 있었어. 내가 나가는 경기마다 보러 온 것 같고, 훈련 기록도 알고 있는 것 같아. 전에는 글만 올렸는데 요즘에는 계속 내 사진을 찍어서 올려. 맨 처음엔 시커먼 훈련장에서 멀리 찍은 것뿐이더니 그 뒤에 올라온 것들은 점점 밝을 때, 더 가까운 곳에서 찍은 것들이야. 여기 보면 캠핑장까지 따라와서 찍은 사진도 있어."

침착하게 말하려 했지만 목소리가 절로 떨렸다. 내가 모르는 사람이 좋지 않은 의도로 나를 따라다니고 몰래 사진까지 찍어 간다는 게 아무렇지 않을 리가 없었다. 심지어 캠핑장에도 왔을 거라고는 상상도 못 했다.

"저건 또 봐도 기분 나쁘네. 사진도 네 말대로 점점 가까워지고 있고. 마지막 거는 몇 배 줌도 안 당긴 것 같아. 첫 번째 사진은 너인 줄 모르겠는데 이건 네 모습이 확실하잖아. 역시 처음 봤을 때 바로 신고했어야 돼."

유이가 심각한 얼굴을 하며 사진을 들여다봤다. 정말 걱정된다는 듯 말해 주니까 들쑥날쑥하던 기분이 조금은 누그러졌다.

"아무리 봐도 애 말고는 내 음료통을 가져갈 사람이 없어. 그래서 증거를 좀 더 모아서 신고하고 싶은데, 이왕이면 애가 음료통에 손을 댔다는 게 확실해졌으면 좋겠다는 거지. 경찰서까지 갔는데 그냥 넘어가면 억울하잖아."

"그러네. 경호 로봇 신청도 괜찮을 것 같아. 요즘 개인한테도 잘 대여해 준다더라."

우주가 손을 벌벌 떨고 있었다. 우주는 스토킹을 당하고 있는 나보다도 훨씬 불안해 보였고, 내가 보기에 그게 내 걱정 때문만은 아닌 것 같았다.

"그, 그런데 모파, 근이완제 들어간 건, 확실해?"

한참을 조용히 있다가 처음 한다는 말이 날 의심하는 거라니. 나는 절로 찡그려지는 미간을 애써 펴고 대답했다.

"당연하지. 전에 잠깐 치료받으면서 먹어 봤을 때랑 느낌이 똑같았어. 경기하면서 내 몸이 어떻게 움직이는지 내가 제일 잘 아는데, 그때 그런 식으로 힘이 빠지는 건 말이 안 됐어. 경기 전에 문제가 생긴 게 확실해.”

“하지만 그때 넌 컨디션도 안 좋았고…….”

“무슨 소리야? 그날 컨디션은 최근 들어서 제일 좋았어.”

“혹시 모르잖아. 스스로 몸 상태가 어떤지 자각하기 어려울 수도 있으니까.”

“그럼 넌 내가 내 컨디션도 파악할 줄 모르면서 스토커 탓을 한다는 거야?”

“그런…… 그런 건 아니야. 하지만 하지도 않은 일로 의심받으면 억울할 거고…….”

“너 되게 이상하다? 내가 불안하다는데 계속 스토킹은 아닐 거라고 하더니. 이젠 스토커가 의심받으면 억울할 거라고? 대체 왜 그래?”

거실에 싸한 침묵이 내려앉았다. 우주라면 당연히 스토커 짓일 거라고, 스토커부터 잡으면 다 해결될 거라고 말해 줄 줄 알았는데 내 착각이었나 보다. 우주가 나 자신보다도 나를 믿어 준다는 생각도 전부 틀렸던 것 같다.

나는 적어도 우주가 나에게 해명을 할 줄 알았다. 하지만 우주는 한참 망설이다가 이내 시선을 내리깔고서 나에게 짧은 사과를 했다.

“미안.”

어떠한 변명도 하지 않고, 우주는 내가 가진 의구심을 전부 내버려두었다. 이런 행동은 무슨 오해가 생겨도 상관없다는 의미로밖에 느껴지지 않았다.

"일이 있어서 먼저 가 볼게. 내일 보자."

"야! 어디 가는데!"

우주가 벌떡 일어나더니 서둘러 나갔다. 지금 보니 처음부터 가방을 내려놓은 적도 없었다. 내가 우주를 따라 나가려 하자 유이가 날 붙잡았다.

"우주한테도 혼자 생각할 시간을 주자. 아까부터 너무 불안해 보였거든."

"그러니까, 쟤가 왜 불안하냐고! 스토킹당하는 건 난데!"

"네 마음 충분히 이해하지만 일단 진정해. 지금은 우리가 어떡해야 할지 먼저 생각하자. 신고하기 전에 부모님께 말이라도 해 두는 게 좋지 않을까? 우리끼리 증거부터 모으는 건 위험해 보이는데."

"사실은…… 신고를 할지 말지도 고민 중이란 말이야."

"뭐? 아까는 신고할 거라며?"

"그건 우주가 있으니까 세게 말한 거지. 어떻게 반응하나 보려고. ……아무래도 우주가 수상해서."

마지막 말은 목소리가 너무 작아서 유이에게도 들릴까 말까 할 정도였다. 풀장에서 시끄럽게 첨벙거리던 유일이 '방금 뭐라고 한 거야?’ 하며 끼어들었지만 나도 유이도 대답하지 않았다.

“우주가 수상하다고? 뭐 때문에?”

“내가 생각을 해 봤는데……. 아, 잠시만. 왜 눈물이 나고 난리야.”

담담하게 내 생각을 털어놓고 싶었는데, 정작 유이의 눈을 마주 보자 눈물부터 나왔다. 유이가 내 등을 도닥거리며 자기 방으로 이끌었다. 나는 유이의 책상 의자에 앉아서 그동안 품고 있던 생각들을 모두 유이에게 들려주었다.

이전부터 우주가 자기 스레드 계정을 알려 주지 않으려고 했던 것부터 시작해서 나에게 뭔가 숨기는 게 있었다는 얘기, 하이퍼폰 사진첩을 절대 보여 주지 않으려 했다는 얘기, 그리고 이번에 스토커 얘기를 할 때마다 우주가 신경을 곤두세우고 있었으며 나에게 예민하게 생각하지 말란 말을 거듭 건넸다는 점까지.

“자꾸 신고하지 말라는 듯이 말하고, 스토커 얘기만 물어보면 대답도 안 하고 말 돌리잖아. 이상하지 않아? 내가 가족들이랑 캠핑장에 간 건 너희들밖에 모르는데 캠핑장까지 스토커가 따라왔어. 잠수차 타고도 한참 가야 하는 곳까지. 이건 정확한 정보가 없으면 따라올 수 없어.”

“우주가 스토커한테 네 위치를 알려 준 거라고 생각해?”

“모, 모르겠어. 하지만 우주가 스토커 편이면 어떡하지? 아는 사이라서 감싸 주려는 거라면? 설마, 진짜 설마 저 계정이 사실 우주 거라면?”

"아이고, 머리 아프네."

"내가 보기엔 우주가 지난번에 내 훈련 보러 왔을 때도 스레드 얘길 하려고 했던 것 같아. 뭔가 용기를 내려고 했는데 내가 훈련장에서 뛰쳐나가는 바람에 그만두게 된 거 아닐까? 그래서 계정도 한동안 안 쓰다가 나한테 나쁜 감정이 드니까 다시 쓰기 시작했다든지."

"너무 추측하지는 말고, 모파."

"아까 너도 봤잖아. 스토커가 음료통에 약 넣은 걸로 의심받으면 억울할 거라고? 대체 스토커가 억울한지 아닌지를 우주가 왜 신경 쓰는데?"

"내가 보기에도 이상하긴 했지만…… 그럼 모파 너는 우주가 스토커라고 생각하는 거야?"

나는 유이의 질문에 곧바로 대답하지 못하고 머뭇거렸다. 지금까지 유이에게 한 말들을 생각하면 우주가 날 스토킹했다고 보는 게 맞았다. 그런데 왜 정작 우주가 스토커냐는 말에는 대답하기 어려운 걸까.

"잘 모르겠어. 내가 알고 지낸 우주는 절대 그런 애가 아닌데……. 내 눈이 잘못된 건가 싶기도 하고. 솔직히 아니었으면 좋겠다는 마음이 제일 큰 것 같아."

"그렇지? 나도 그래. 만약 우주가 스토커라면 엄청 기분 나쁜 짓을 한 거잖아. 자기 계정인데 남의 계정인 것처럼 너한테 알려 주려 했다든지, 주말에 캠핑장까지 따라가서 사진을 찍었다든지. 그렇게 철두철미하게 못된 짓을 하는 애일 리가 없어. 적어도 내가 지켜봐 온 우주는 그런 애가 아니야."

그래, 제발 아니었으면 좋겠다. 나와 누구보다 편하게 지내던 우주가 속으로는 나를 끔찍하게도 싫어한 게 사실이라면 상처받지 않을 자신이 없었다. 이렇게 최악의 상황을 가정하는 것만으로도 속이 꼬이는 기분이 들고 우주가 원망스러웠다.

"나도 너랑 같은 생각이야. 근데 설명을 안 해 주면 내가 어떻게 알아?"

"우주가 옛날부터 그런 경향이 있긴 했지. 우주 머릿속을 우리가 들여다볼 수도 없고……. 아!"

유이가 뭔가 떠올랐다는 듯 손뼉을 맞부딪쳤다. 저럴 때마다 솔직히 기대보다는 걱정이 더 많이 된다.

"그럼 우주가 스토커가 아니라는 증거를 찾자. 우주도 사정이 있었겠지. 직접 말하기 어려운 것 같으니까 우리가 알아내자."

유이가 말했다. 우리가 우주의 뒤를 직접 캐내자고.

"넌 꼭 논리가 특이하게 튀더라."

"아이디어가 톡톡 튀는 거라고 해 줄래?"

유이의 말을 듣고 나니 그렇게까지 비관적으로 생각할 일도 아니었던 것 같다. 유이가 책상에서 휴지를 뽑아 건네줬다.

"그러니까 그만 울어. 아직 모르는 일이잖아."

물 밖은 이래서 불편하다. 눈에서 흘러나오는 눈물을 모두가 볼 수 있고, 그걸 또 닦아 내야 한다. 나는 눈가를 대충 문지르고 자리에서 일어났다.

모든 고민과 선택은 내일부터 시작할 수밖에 없는 상황이었다. 우주에 대한 것도, 심해수영에 대한 것도. 그러니까 유이의 말대로 오늘은 우울한 생각을 최대한 접어 두기로 했다. 혼자서 어찌할 수도 없는 문제를 끌어안고 있어 봤자 내 손해였다.

"영화나 보자. 더 늦기 전에."

"그래, 영화나 보자. 너네끼리만 중요한 얘기 하지 말고."

내 말에 대답한 건 유일이었다. 유이의 방 통로에 서서 고개를 삐딱하게 기울이고 있었다. 일체형 옷은 어디다 뒀는지 하의만 입은 유일의 몸에서 물이 뚝뚝 떨어졌다. 그 모습을 본 유이가 질색하며 유일에게 책상 위에 있던 휴지 뭉치를 던졌다.

"아, 미친놈아, 옷 좀 입어!"

"에잉, 일체형 입고 나와 있으면 답답한데."

유일은 얄밉게도 휴지를 한 손으로 받아 내며 뻔뻔한 말투로 대꾸했다. 유일의 피부가 실시간으로 버석버석 말라 가는 게 눈으로도 보였다. 온 집 안에 습도 조절기가 돌아가고 있는데도 그랬다. 쌍둥이가 동시에 편안할 수 있는 습도를 맞춘다면 좋겠지만, 그런 건 애당초 불가능했다. 유일은 평소에도 몸속을 공기보다 물로 채워 놓고 지내는 편이라 유이와 생활 방식이 완전히 달

랐다. 체질이 완전히 다른 둘이 한집에 사는 게 쉽지 않은 일이었
겠구나. 이제 와 쌍둥이의 부모님이 대단하단 생각이 들었다.

"너 다 들었지?"

"응? 아니? 우주가 스토커라는 얘기밖에 못 들었는데."

"다 들은 거 맞네. 그리고 스토커라고 한 적 없거든."

"그렇구낭."

"어디 가서 말하지나 마."

"네, 입 딱 붙이고 지내겠습니다."

유일이 입을 잠그는 시늉을 했다. 저래 봬도 유일이 말을 함부
로 하고 다닐 애는 아니니까 걱정이 되진 않았다. 믿음직스럽다
는 것도 아니었지만. 나는 유일을 다그치는 대신 거실 소파로 가
서 한가운데를 차지하고 앉았다. 유이가 내 옆에, 유일은 먹을 걸
들고 와서 풀장에 몸을 담갔다.

이번에 볼 영화는 지구에 물이 차오르기 이전에 나온 작품이었
다. 중학생 때였나, 옛날 영화의 데이터를 수집하는 취미가 생긴
유일이 우리를 불러서 다 같이 영화를 보았던 게 시작이었다. 우
리는 만날 때마다 영화를 한 편씩 틀어 놓곤 했는데, 어느 순간부
터 유일은 새 작품을 구할 때마다 보러 오라는 소리를 했다. 그런
모임이 어쩌다 보니 제법 꾸준히 이어져 왔다.

모두가 폐 호흡을 하고 땅에 붙어살던 시절, 사람의 몸이 심해
의 압력을 견디지 못하고 고산에서 쉽게 어지럼증을 느끼던 그

시절에도 각자의 삶을 살아가는 사람들이 있었다. 배경이나 설정은 가지각색이었지만 배우들의 외모는 비슷했다. 한없이 얇은 눈꺼풀이나 부드러워 보이는 머리카락이 서로 닮았다는 인상을 줬다.

가끔 과거 사람들이 상상해 만들어 낸 물속의 신비한 존재가 나오기도 했다. 그들은 주로 인어나 거대한 수중 생물의 모습으로 등장했다. 어떤 면은 우리와 닮았는가 하면 어떤 면은 터무니없어서 웃길 때도 있었다. 과거 사람이 그리는 미래의 모습을 보며 떠드는 게 재밌어서 우리는 SF 영화를 자주 골랐다. 집중해서 볼 때도 있었지만 틀어 놓고 적당히 보면서 다른 일을 할 때가 많았다.

생각해 보니 유일, 유이네 집에 와서 새로운 영화를 보는 게 제법 오랜만이었다. 유일은 미디어 데이터 값이 치솟고 있다며 우는소리를 하면서도 한두 달에 한 번은 꼭 새 작품을 구해 오는 편이었다. 겨울 방학 이후로 새 영화 얘기를 처음 꺼낸 것이니, 이번엔 꽤 오래 걸렸다. 갈수록 손실되는 데이터도 많고, 과거의 작품을 현대의 통신 기술에 알맞게 변환하는 작업이 까다로워지고 있어서 그렇다고 했다. 우리는 과거를 어디까지 들여다볼 수 있을까. 물속에서 살아남지 못한 데이터들은 어디로 가게 되는 걸까.

—나는 수영 선수다. 누군가에게는 흔하고 뻔할지 몰라도, 나에게

이건 세상에 단 하나뿐인 이야기다.

　영화 속 주인공은 수영 국가대표를 꿈꾸는 열일곱이었다. 유일이 한참 전부터 기대된다고 몇 번이나 얘기하던 게 이것 때문인 듯했다. 설렁설렁하는 것 같아도 수영 얘기만큼은 누구보다 즐거워하는 유일이었다. 그 먼 옛날에도 물과 하나가 되고 싶어 하는 사람들이 있었다는 게 유일에게는 매력적으로 느껴졌던 모양이다.

　저 안에는 '진짜 여름'이 담겨 있었다. 해마다 계절이 돌아오는 게 당연했고 누가 관리하지 않아도 햇빛과 바람과 기온이 알아서 변화했다. 계절이 분기를 나누는 개념이 아니라 피부에 닿는 현실로 존재했다. 햇빛의 냄새가 뭔지, 여름 특유의 분위기라는 게 뭔지 정확히는 모르겠지만 영화 속에 담긴 여름의 이미지는 제법 마음에 들었다. 유난히 선명한 나뭇잎의 색이, 가볍게 걸친 인물들의 옷차림이.

　주인공은 다른 등장인물에 비해서 한참 아마추어였지만 수영에 대한 열정만큼은 선수급이었다. 그런 주인공이 처음으로 수영을 제대로 배우고, 수영부원들과 혼계영에 도전하게 되면서 겪는 사건들이 영화의 중심 내용이었다.

　처음에는 맞는 구석 하나 없어도 결국 서로를 알아 가며 팀워크를 맞춰 간다는, 말 그대로 뻔한 전개였다. 그런 와중에 어떻게든 잘해 보려고 아등바등 애쓰는 주인공의 모습이 눈에 밟혔다. 저 옛날에도 고등학생들은 앞으로 어떻게 살아가야 할지 고민했구나. 자기가 뭘 잘하는지, 뭘 할 수 있는지 알지 못해서 막막했구나. 내가 한 번도 살아 본 적 없는 세계가 어쩐지 친숙하게 느껴졌다. 나와 비슷한 상황을 겪고 있는 인물들로 인해서.

영화의 첫 부분에서 주인공이 한 말이 맞았다. 수많은 사람이 으레 겪는 일들을 풀어놓는 게 남에게는 흔해 보일지 몰라도, 나의 삶은 나에게 전혀 뻔하지 않다. 그건 나만의 고유한 시간이고 경험이다.

"이건 몇 년도 거야?"

"2024년."

"오래됐네."

"우리 할머니도 이렇게 옛날 영화는 본 적 없다고, 뭐 이리 오래된 걸 구해 왔냐고 하시더라."

가만 보면 SF보다는 일상을 그린 작품이 오히려 지금과 닮아 있었다. 시대가 변하면 인류가 완전히 다른 삶을 살 거라는 상상은 틀렸다. 지나간 시대는 소멸하지 않는다. 먼저 태어난 사람들이 새로 태어난 아이들에게 영향을 주고, 그 아이들에게 전해진 과거의 것들이 세상에 계속 남아서 어딘가를 메운다. 새로워 보이는 인식들도 난데없이 뿅 나타난 게 아니라 이전에 있던 것들과 연속해서 나타난 거였다. 아무리 하이퍼 통신이 발달해도 학교 건물은 지어야 한다고 주장하는 어른들이 있는 것처럼.

가치관이 변하고 기술이 발전하더라도 살아가는 방식은 크게 달라지지 않았다. 세상에 있는 것들을 공부하면서 자라고, 친구들과 부딪히면서 스트레스를 받고, 마음대로 되지 않는 문제 때문에 힘들어하고. 그때든 지금이든 사람은 자기 앞가림하느라 바쁘게 사는 존재인 것 같다.

물론 옛날 영화인 만큼 오래된 생각이 고스란히 담겨 있을 때도 있었다. 우리는 가끔 영화를 멈춰 놓고 이해할 수 없는 과거의 인식들에 대해 이야기했다. 보조 기구를 사용하는 사람이 왜 불쌍하게 그려지는 건지, 옛날 사람들은 왜 신체의 성별을 기준으로 경기 부문을 나누었던 것인지, 하는 것들이 토론 주제가 되었다. 대부분 유일과 유이가 목에서 피가 날 듯이 열변을 토하고, 나와 우주가 그때그때 동의하는 사람의 손을 들어 주는 식이었다. 말싸움에 가까운 토론은 이 대 이로 흐지부지 끝나는 경우가 가장 많았다.

나는 세상이 과거에는 어땠고 뭐가 얼마나 달라졌는지 관심 없다. 나에게는 당장 내 눈앞에 다가온 문제들이 중요했다. 저기 나오는 애들처럼 내 살길을 찾느라 바빴다. 다른 걸 미처 살피지 못하는 건 어쩔 수 없는 일이라고 합리화하면서.

영화는 경기 장면을 빼고는 대부분 지루했다. 대사도 조용하고, 풍경이나 심리 묘사가 훨씬 많았다. 살아 본 적 없는 세상의 따스

한 햇살이 스크린에서 스며 나왔다. 가장 기억에 남는 건 바람 소리, 그리고 주인공과 어린 시절부터 함께 수영을 해 온 친구가 울부짖으며 외치던 말이었다.

—몰라! 모르겠어! 근데 그냥 하는 거야. 이거 말고는 할 줄 아는 게 없어서.

맞아, 나도 모르겠다. 내가 선택한 길이 곧 가로막힐지도 모른다고 생각하면서도 그만두지 못했다. 애초에 그만둘 생각도 없었다. 그저 내가 틀리지 않았을 거라고 믿으며 어떻게든 버티는 게 다였다. 지금의 나는 잠깐 가라앉았을 뿐이고 분명 더 잘할 수 있는 사람이라고, 이미 잘해 봤으니 최상의 상태로 다시 올라가는 게 불가능한 바람도 아닐 거라고 스스로를 다독이면서.

문제를 고치겠다고 지난 시간으로 돌아갈 수는 없으니 계속 나아가야 했다. 앞이 보이지 않더라도 끊임없이 물살을 헤치고 호흡을 가다듬으며, 힘차게 발을 굴러 최대한 속도를 냈다. 어디에 도달하게 될지는 아무도 모를 일이었다.

영화를 다 보고 나니 애써 미뤄 두었던 고민거리들이 슬금슬금 떠올랐다. 더 이상 미룰 수 없는 문제들이 다가온다고 생각하자 벌써부터 마음이 술렁거렸다. 적당히 잊는 건 역시 실패였다.

엔딩 크레디트가 올라가는 걸 지켜보던 나는 자리에서 일어났다. 유이가 아쉬운 얼굴로 나를 올려다봤다.

"모파, 벌써 가게? 저녁 먹고 가지."

"엄마가 웬만하면 저녁은 같이 먹재. 우리 집에 홈스테이 온 애 있잖아."

"아아, 맞다. 나중에 걔도 소개해 줘. 우주랑은 등하교 같이하고 있다며."

"뭘 소개씩이나. 간다."

저녁 얘기는 핑계였다. 수림은 다른 고산종 학생들과 함께 단수 구역이 있는 식당에서 끼니를 해결하는 편이고, 엄마랑 아빠는 단둘이서 외식하고 온다고 오늘 아침에 말했다. 그냥 영화를 보고 나니 생각이 많아져서 혼자 있고 싶어졌다.

나는 저녁도 거르고 일찌감치 침대로 들어가 억지로 잠을 청했다. 부모님이 들어오는 소리가 들리고 집이 온통 어둠에 휩싸일 때까지도 나는 잠들지 못했다.

밤에 잠이 오지 않는 건 익숙했다. 푹 잠들었던 날보다 그러지 못했던 날이 훨씬 많았으니까. 나는 눈을 감고 아주 느리게 숨을 쉬었다. 잠에 빠지기 위한 내 나름대로의 노력이었다. 머릿속을 비우기 위해 넓은 바다를 유영하는 상상에만 집중했다. 어둡고 서늘한 바다가 끝도 없이 펼쳐졌다. 끝도 없이.

　무언가 크게 달라진 건 아니지만, 그래도 내 상황을 정리해 볼 필요가 있을 것 같다.

　첫째, 쉬고 왔다고 해서 기록이 나아지진 않았다. 나는 간신히 휩쓸려 가지 않을 뿐이었고 그것만으로도 이미 힘겨웠다. 분명 이전처럼 힘을 쓰고 있는 것 같은데 뭐가 문제인지, 왜 이렇게까지 기록이 나지 않는 건지 알 수가 없었다.

　다른 애들은 다 앞으로 나아가는데 나만 제자리였다. 곧 다가올 방학이 반갑지 않은 건 살면서 처음이었다.

　둘째, 훈련에 나가기 시작하니 잠잠하던 불면증이 도졌다. 아무리 자려고 노력해도 소용없었다. 뜬눈으로 밤을 새우며 지난 일을 매일 곱씹으니 미쳐 버릴 것만 같았다. 새벽마다 우울에 빠지는 것도 지긋지긋했다. 차라리 누가 기절시켜 줬으면 좋겠다.

셋째, 우주와는 일주일 넘게 제대로 대화하지 못했다. 우주는 이제 대놓고 나를 피했다. 아침 등굣길에 기다려 주지도 않았고 눈이 마주치면 다른 곳으로 갔다. 나는 유이와 함께 틈틈이 우주를 감시했다. 우주 몰래 근처를 서성거리거나 멀리서 지켜보는 게 다였지만, 매번 유이가 함께해 주니까 심심하거나 허전하진 않았다. 나는 유이와 숨어서 우주를 보다가 밀려오는 답답함에 물을 한껏 들이마셨다.

"나도 우주 믿고 싶은데, 쟤가 저러는 거 볼 때마다 나만 바보짓 하는 것 같고, 그렇다."

"원래 힘들 땐 자기 생각밖에 못 해. 그러니까 좀 괜찮은 사람들 이 기다려 보자."

유이가 한 말이 마음에 들진 않았지만, 내가 처음으로 기록이 떨어져서 한창 예민하고 짜증스러울 때도 유이는 똑같이 기다려 줬다. 우주랑 유일이랑 같이. 어쩌면 나는 아직도 친구들을 기다 리게 하고 있는 걸지도 몰랐다. 내 상황은 여전히 나아지지 않았 고 난 내 고민에만 빠져 있었다. '괜찮은 사람들'에 포함되기엔 나도 아직 힘들다는 생각이 마음 한구석에서 고개를 들었지만, 나는 어쩔 수 없이 표정을 누그러뜨렸다. 모두가 나를 기다려 주 는 것처럼 나도 우주를 조금은 기다려 보고 싶었다.

'아무리 그래도 그렇지, 훈련 영상까지 안 찍어 준다고? 진짜 이러기야?'

최근 훈련 영상은 전부 수림이 찍어 줬다. 우주가 아닌 다른 사람의 영상으로 훈련을 복기하려니까 괜히 낯설었다. 수림의 기기는 스포츠 모드를 지원하지 않아서, 나에게 집중한 게 아니라 경기장을 전체적으로 담은 결과물이 나왔다. 다른 선수들의 모습까지 화면으로 보는 건 오랜만이었다.

넷째, 내 수영 실력이 떨어진 원인에 대해 새로운 가설이 생겼다. 힌트를 얻은 곳은 다름 아닌 병원이었다.

기록이 멈춘 뒤부터 지금까지 나는 꾸준히 병원에 다녔다. 뭐라도 명확한 병명과 치료법이 나오길 바라며 정기 검진을 받고 뭐라도 나아지길 기도하며 재활 치료를 받았다. 시간이 지나도 눈에 띄는 변화는 없었지만 이제는 그만두기도 어려워졌다. 재활 치료조차 받지 않으면 저 밑으로 곤두박질칠지도 모른다는 생각이 나를 등 떠밀었다.

오늘은 훈련을 쉬는 날이라, 수림을 먼저 보내고 병원에 갔다. 모르는 의사가 진료실에 앉아 있었다. 원래 보던 선생님이 두 달간 휴가라서 그동안 새 선생님과 지내게 되었다. 젊은 의사 선생님은 차트를 꼼꼼히 확인하고 왔다며 의욕을 불태웠다.

진료는 지루했다. 내 상황을 하나하나 설명하는 것도 지겨웠다. 말을 조리 있게 하는 것보다 귀찮은 표정을 숨기는 게 더 어려웠다. 새 의사 선생님은 내게 사소한 것까지 일일이 물어보고 자신의 차트에다 새롭게 받아 적었다.

"어쩌면 심리적인 걸 수도 있어요. 불면증도 그렇고, 근육에 힘이 덜 들어가는 느낌도 그렇고. 심리 상담은요?"

상담이야 많이 받아 봤다. 약물 치료 병행을 권장받아 몇 번 시도하다가 올해 들어서는 전부 거절했다. 심해수영은 다른 종목보다 도핑 규제가 훨씬 빡빡했다. 약 하나 잘못 먹었다가 아예 끝장나고 싶지는 않았다.

"최근에 본 논문에서 나온 얘긴데, 요즘 젊은 사람 중에 진화 특성이 어릴 때보다 약해지는 경우가 발견되고 있대요. 정확한 내용은 더 연구해 봐야 알겠지만 저는 진화 촉진제가 영구적이지 않을지도 모른다고 생각하고 있거든요. 그러니까 자꾸만 본인에게서 이유를 찾으려고 하진 말아요. 알겠죠?"

"네? 그게 무슨 말이에요?"

"이유가 뭐가 됐든 그게 학생 잘못은 아니라는 거예요."

"아니, 그거 말고요. 진화 특성이 약해질 수도 있어요?"

"태아 시기에 진화 촉진제의 효과로 재구성되었던 몸의 성질이 뒤늦게 충돌할 수도 있다나 봐요. 그냥 가설일 뿐이지만요. 학생이 심해수영 기록 문제로 너무 힘들어하는 것 같아서 얘기해 주는 거예요. 그렇다고 너무 맹신하진 말고요."

나는 당장 집으로 가서 가방부터 뒤졌다. 캠핑을 다녀온 이후로 아직까지 정리하지 않은 가방 안에 이모의 파우치가 들어 있었다.

파우치 안에는 머리 집게, 아무렇게나 접어 놓은 조제약 뭉치, 수중용 핸드크림, 미니 립스틱이 들어 있었다. 나는 조제약 뭉치를 꺼내 펼쳤다. 진화 촉진제에만 활용되는 특수 포장 봉지로 밀봉되어 있었는데 하나는 뜯다 만 듯 입구가 조금 비틀린 채였다.

초지제약이라 쓰인 게 세 봉, 유영제약이 네 봉, 신아제약이 두 봉 있었다. 이모는 촉진제만 복용했다 하면 올라오는 알레르기 때문에 몇 번이고 처방을 다시 받았다. 약이 든 파우치를 바로 찾으려 하지 않은 걸 봐서는 캠핑 직후에 간 병원에서 새 약을 또 처방받은 것 같았다. 나머지는 그냥 보기에도 당장 필요할 만한 물건들은 아니었다.

약봉지 아래 알록달록한 조제약을 만지작거렸다. 의사 선생님은 내게서 부담감을 덜어 주려고 한 말이겠지만 나에게는 다른 의미로 들렸다. 문제의 원인을 해결하기 위해서는 새로운 방법을 찾아야 한다는 뜻으로. 잠을 줄이고 훈련으로 날 몰아붙인다고 되는 게 아니라, 진화 특성을 강화할 방법을 찾는 편이 확실할 거란 의미로 말이다. 내가 왜 이 생각을 못 했을까.

하이퍼폰을 불러서 진화 촉진제에 대해 검색했다. 하이퍼폰이 검색 결과 화면과 각종 관련 자료를 홀로그램으로 띄웠다. 약의 효과와 개발 역사에 대한 이야기는 세세하게 나왔지만 제약사별 성분 차이까지 나오지는 않았다.

"그럼 제 상태가 진화 촉진제로 나아질 수도 있어요?"

"만에 하나 가능성은 있겠지만…… 혹시나 하는 말인데, 처방해 줄 수는 없어요. 어딜 가도 처방받을 수 없을 거고요. 워낙 원료가 귀하고 조제가 까다로워서 심해종 인구 보전을 위해서만 사용하기로 합의됐거든요. 치료 목적으로 복용하는 경우가 드물게 있다고는 해도, 수중에서 생존이 불가능할 정도가 아니면 허용이 안 되고 있어요."

처방 후 관리 규정도 까다로운 탓에 전체 복용 기간이 지나기 전에는 새 약을 처방받을 수 없고, 소지한 약이 남으면 반드시 반납해야 했다. 이모가 약 먹는 걸 게을리한 건지 반납하려다 잊어버린 건지는 몰라도, 파우치 안에 있는 약들은 어디 가서 구하려야 구할 수 없는 것들이었다.

딱 하나만 먹어 볼까.

그런 생각을 하니 손끝이 절로 차가워졌다. 감기약도 벌벌 떨면서 기피하던 나였다. 성분을 다 파악해서 괜찮은 것만 먹는 선수도 많은데, 나는 성분 설명서를 몇 번씩 읽어도 이해가 안 됐다. 괜히 잘못 먹었다가 문제 생기느니 어떻게든 알아서 낫는 쪽이 속 편했다.

옛날부터 진화 촉진제를 먹어도 별 효과를 보지 못한 사례는 수도 없이 많았다. 그런데 그건 진화 촉진제가 나온 지 얼마 되지 않았을 때, 그러니까 사람들에게 아가미가 없을 때의 이야기고. 지금은 약이 많이 발전했으니 효과도 달라지지 않았을까.

나는 이미 촉진제의 도움을 받아서 태어났다. 수중 생활에 필요한 유전자를 증폭시키는 약의 효과를 갓난아기 때부터 충분히 보았으니 지금도 촉진제의 도움을 받을 수 있을지 몰랐다. 어디까지나 추측일 뿐이지만.

하지만 긍정적인 가설이 있다고 해서 약을 냉큼 먹어 볼 만큼 나는 용감하지 못했다. 직접 처방받지도 않은 약을 먹었다가 뭔가 잘못되면 그건 온전히 내 책임이었다. 수영 실력이 돌아오기는커녕 오히려 악화된다면? 도핑으로 걸려서 출전조차 못 하게 된다면? 그 약을 먹지 말았어야 한다고 생각하게 된다면? 지금보다 상황이 나빠질 수는 없을 거라고 생각해 왔는데, 불행한 상상을 하다 보니 여기서 더 끔찍해질 수도 있을 것 같았다.

'아무런 발전 없는 지금이 가장 끔찍한 걸지도 모르고.'

나는 파우치를 내 가방에 달린 작은 주머니에다 집어넣었다. 그냥, 혹시 모르니까 챙기는 것이다. 이모가 갑자기 연락해서 돌려달라고 할 수도 있으니까. 집에 두고 다니는 것보다 내 눈에 보이는 곳에 있는 편이 안심되기도 하고.

더 닫을 수도 없는 가방을 꼼꼼하게 닫은 나는 시간을 보고 서둘러 집 밖으로 나왔다. 원래는 병원에서 나오자마자 유이가 있는 곳으로 가야 했다. 아주 중요하고 급한 상황이니 빨리 오라고 재촉하는 유이를 두고서 어떻게든 이모의 파우치에 있는 약을 내 눈으로 확인하러 집까지 온 거였다. 이걸 내버려두고는 유이와 만나서 무슨 얘기를 들어도 집중할 자신이 없었다.

빠른 속도로 움직이는 와중에도 유이의 재촉 메시지가 시야 아래편에 끈질기게 따라붙었다. 속도 때문에 하이퍼폰에 렉이 걸려서 홀로그램이 조금씩 깨져 보였다. 나는 손을 휘저어 메시지를 전부 날려 버리고 공원으로 향했다. 유이는 화단 뒤에 딱 붙어서 저 멀리 있는 우주를 염탐하고 있었다. 나는 유이에게 다가가 동동 떠오르는 엉덩이를 눌러 내려 주며 말했다.

"이게 중요하고 급한 상황이라고? 우주가 공원에서 혼자 물풀 뜯고 있는 게?"

"모파! 너 왜 이제야 와? 병원 갔다가 바로 온 거 맞아? 딴 길로 샌 거 아니고?"

"딴 길로 새기는. 바로 왔다니까."

"네가 병원에서 여기까지 오는 데 30분이나 걸렸다는 게 말이 안 되잖아. 아니면 생활 수영 속도도 떨어진 거야? 평소에도 몸에 힘이 안 들어간다든지?"

"얘가 누굴 곧 은퇴할 사람으로 만드네. 그렇게까지 심각하진 않거든?"

"말이 그렇다는 거지, 말이. 네 속도를 내가 아는데."

유이는 마음에 담지 말라는 듯 어깨를 으쓱했다. 찔리는 게 있던 나는 유이가 가볍게 넘어가 주어서 오히려 속으로 안도했다.

"어쨌든 들어 봐. 아까 우주가 누구랑 통신하면서 엄청 화냈어."

"뭐? 그게 누군데?"

"그야 나도 모르지. 뭐라고 따지는 것 같기도 하고 뭔가 설득하는 것 같기도 하고. 아무래도 통화한 상대가 수상하단 말이야."

"확실한 정보가 하나도 없잖아."

"아잇, 계속 들어 봐. 그 사람이랑 여기서 만나기로 한 것 같아. 아까 우주가 빨리 나오라고 그랬거든. 다른 건 몰라도 그것만큼은 똑똑히 들었어."

지금까지 우주가 화내는 모습은 딱 두 번 봤다. 한 번은 초등학생 때 모르는 애가 유일의 비늘을 제멋대로 뜯어 가려 해서, 다른 한 번은 중학생 때 지나가던 어른이 유이의 호흡 보조기를 가지고 무례하게 말해서였다. 정작 우주 본인을 놀리거나 함부로 대해도 별말 없이 넘어가면서, 친구들하고 관련된 일에는 그렇게나 무섭게 화를 냈다. 어릴 때 우주가 화내는 모습을 본 이후로 나는 우리 중에서 제일 무서운 사람은 우주라는 얘기를 종종 했다.

"어, 저기 저 사람인 것 같은데?"

유이가 속삭였다. 어차피 공원 끝에서 끝이라고 봐야 할 정도로 멀리 떨어져 있어서 들리지도 않을 텐데 유이는 한껏 기척을 줄였다. 나는 유이 옆에 붙어서 유이의 하이퍼폰을 들여다봤다. 맨눈으로는 흐릿한 인영으로만 보이는 우주의 모습이 하이퍼폰 화면에는 아주 크고 선명하게 나왔다.

"야, 너! 역시 너였어!"

화면 속 우주가 버럭 화를 내며 공원에 온 사람에게 달려들었다. 우주에게 붙들린 상대는 허우적거리다 뒤로 밀려났다.

"어? 저거 수림 아닌가?"

"아는 사람이야?"

헐렁한 잠수복, 커다랗고 동그란 헬멧. 확실했다. 나는 유이의 하이퍼폰 화면을 더 확대해 보았다. 헬멧 안쪽으로 당황한 수림의 얼굴이 보였다. 저게 무슨 상황이지?

"우리 집에 홈스테이 하는 앤데……. 쟤가 왜 우주랑 싸우지?"

"싸우는 거 맞아? 우주만 화내는데?"

"같이 등하교밖에 안 하는데 쟤네 둘이 싸울 일이 있나. 대체 뭐야?"

우주가 수림의 멱살을 틀어잡았다. 이대로 내버려두다간 수림의 잠수복에 문제가 생겨도 이상하지 않을 것 같아, 나와 유이는 허겁지겁 둘을 말리러 갔다.

"우주, 뭐 하는 거야! 그 손 놔!"

"너잖아, 혜도!"

우주는 우리를 돌아보지 않았다. 나와 유이에게 어떻게 여길 찾아왔냐고도 묻지 않았다. 그저 낯선 이름으로 수림을 불렀다. 수림을 바라보는 우주의 눈에는 알 수 없는 원망이 담겨 있었다.

'혜도?'

생각해 보니, 처음 듣는 게 아니었다. 그건 지속적으로 나를 헐

뜯고, 지금은 스토킹까지 하는 스레드 계정의 이름이었다. 우주가 씩씩거리며 우리에게 말했다.

"얘가 스토커야."

"뭐?"

"처음부터 계획적으로 모파 옆에 접근한 거라고. 저번에 모파 사고 난 날 경기 영상을 달라고 한 것부터 이상했어."

"아니, 그건……!"

수림이 손사래를 쳤다. 얼굴이 파랗게 질려 있었다. 하지만 이미 눈이 돌아간 우주에게는 전혀 보이지 않는 듯했다.

"네가 나한테 그랬지? 뭐라도 한 번쯤 끝까지 가 보고 싶다고. 지금 나랑 아주 끝장을 보자."

"잠깐, 잠깐만!"

수림의 헬멧 연결부가 불안정하게 달그락거렸다. 지난번에 망가져서 수리를 받았던 부분이었다. 나는 우주의 왼팔을, 유이는 우주의 오른팔을 붙들었다.

"일단 진정 좀 해! 말이 안 되잖아. 쟤는 여기 온 지 이제 한 달 됐다고. 날 쫓아다닐 만큼 빠르게 헤엄칠 줄도 몰라. 근데 어떻게 내 스토킹을 했다는 거야?"

"그야 그전에는 데이터만 구했으니까. 여기 와서는 어떻게 했는지 모르겠지만, 직접 움직인 게 아니라는 건 확실해. 그 넘쳐 나는 돈으로 대신 스토킹해 줄 사람이라도 구했겠지! 이거 놔!"

"놓으면 네가 뭘 할 줄 알고!"

"수상하니까 사실대로 말하라고 하는 거지! 이상하잖아, 전부 터 자꾸……!"

"지금 제일 이상하고 수상한 건 너야!"

내 말을 들은 우주가 움직임을 뚝 멈췄다. 우주는 잠시 숨을 고르며 수림을 보고, 그다음으로 유이와 나를 보더니, 잠수복을 붙든 손에서 스르르 힘을 뺐다. 그 모습을 본 나와 유이도 우주를 놓아주었다.

우주는 터벅터벅 단수 구역으로 들어가서 벤치에 걸터앉았다. 우주의 몸에서 물이 쏟아졌다. 우리도 우주를 따라갔다. 바닥에 흥건하게 물웅덩이가 생겼다. 우주 옆에 유이가 붙어 앉고, 나는 그 앞에 삐딱하게 서서 우주를 바라봤다. 수림은 내 옆에 붙지도 못하고 그렇다고 벤치에 앉지도 못한 채로 우리의 근처에서 우물쭈물 서 있었다. 나는 수림을 내 옆으로 데려왔다.

"이제 설명해. 이게 무슨 짓인지. 수림이 왜 스토커라는 건지. 대체 수림이 혜도라고 확신하는 이유가 뭐야? 혜도는 이 년 전부터 날 지켜봤잖아. 시기가 안 맞아."

"……."

"말 안 해 줄 거야?"

"……나도 처음엔 말이 안 된다고 생각했어. 근데 이상하잖아. 수림 재, 전부터 여기 데이터를 사서 봤다더라. 영상으로 다 봤으면서 청운이 새롭다느니 돌아다녀 보고 싶다느니 하는 게 이상하지 않아?”

우주의 말이 터무니없는 건 아니었다. 그만큼 청운시에 대한 수림의 관심은 우리 눈에 유별나게 비쳤다. 수림이 정말 억울하다는 얼굴을 하고서 대답했다.

“아니, 그야 직접 보는 건 다르니까 한 말이지!”

“그럼 모파랑 처음 만난 날 얘기는 왜 얼버무렸어?”

“아, 그건…….”

수림이 나를 힐긋 쳐다봤다. 끝까지 내 얘기를 하진 않았던 모양이다. 그게 우주의 의심을 가중시킨다는 걸 알면서도.

좀 의외였다. 수림 자신이 의심받는 것보다 내 얘기를 숨겨 주는 걸 더 중요하게 생각한 건지, 어차피 여기서는 두 달만 지낼 거니까 의심 좀 받아도 개의치 않는 건지 알 수 없었다.

“그건 내가 말하지 말라고 했어. 처음 만났을 때 얘기.”

“뭐? 왜?”

“알리고 싶지 않은 게 있어서. 또 뭐가 의심스러웠는데?”

우주가 잠시 입을 다물고 날 빤히 바라봤다. 불쌍한 물개 같은 얼굴. 서운한 게 있을 때 우주가 짓는 표정이었다. 우주는 머뭇거리다 자기 생각을 계속 말했다. 확실한 것 없이는 의심하는 일이 없는 우주가 이렇게까지 이야기하는 데는 나름의 이유가 있을 거였다.

“내가 중학생 때부터 스레드에서 알고 지낸 친구가 있어.”

그 말을 시작으로 우주의 입에서 나온 이야기는 내가 한 번도 상상해 본 적 없는 종류의 내용이었다.

레인 밖 소용돌이 : 우주의 시선

어릴 때부터 몸을 움직이는 걸 좋아한 모파, 유일, 유이와 달리 우주는 집에 콕 박혀 있는 걸 가장 좋아하는 애였다.

친구들이 주말에 뭘 했냐고 물어보면 우주는 그때그때 다른 대답을 했다. 책만 읽으며 보낸 날도 있었고 게임을 하느라 바빴다든지, 키우는 식물들이 시들시들해서 주말에 수목 치료사를 불렀다든지, 비즈 공예나 바느질을 시작했다든지.

우주는 한 가지에 꽂히면 일정 기간 동안은 그것에만 몰두했고, 같은 취미를 가진 사람들과 교류하는 걸 좋아했다. 우주의 스레드에는 우주가 좋아하는 책의 구절, 키우는 식물의 모습, 직접 만든 팔찌 사진이 올라오곤 했다. 우주가 올리는 글과 사진들은 매번 좋은 반응을 얻었다. 친구들과 다 함께 놀고 나서 같은 내용으로 글을 쓰더라도 꼭 우주가 쓴 글만 여러 사람에게 공유되었다.

문제의 인물과 우주는 스레드의 전체 공개 피드에서 만났다. 전체 공개 피드는 하이퍼폰을 쓰는 사람이라면 일정 범위 내에서 누구든지 볼 수 있어서, 사진을 아예 걸어 두지 않는 사람도 많았다. 모파는 심해수영 레인 사진을, 유이는 자신이 그린 그림 한 장을, 유일은 본인의 사진을 한가득 올렸다.

우주는 자신의 모습이나 일상을 직접적으로 드러내진 않았지만 피드를 다채롭게 채우는 걸 좋아했다. 자신의 첫인상이 소극적이고 조용한 이미지라는 걸 알았기에 전체 공개 피드는 더욱 과감하게 만들었다. 처음 만난 사람도 우주의 피드를 보기만 한다면 우주의 세계가 전혀 작거나 조용하지 않다는 걸 알 수 있도록.

그 사람, 혜도 또한 그랬다. 우연히 우주의 피드를 봤다며 친구 신청을 해 왔다. 그게 벌써 삼 년 전의 일이었다.

혜도는 우주만큼이나 좋아하는 것이 많았다. 동갑인 데다 겹치는 취미도 많고, 게임할 때 성향도 맞았다. 매일 파티 플레이를 하면서 하이퍼 통신으로 대화하다 보니 혜도와 친해지는 건 순식간이었다. 꼭 게임이 아니어도 하이퍼 통신으로 만나 각자 할 일을 하며 지내기도 했다.

세상에는 스레드나 하이퍼 통신으로 친구를 사귀는 사람이 훨씬 많았다. 우주네 아빠만 해도 하이퍼 친구가 천 명 단위로 있었

다. 얼굴도 모르고 상대의 아바타만을 볼 뿐이지만 서로를 알아
가는 데는 아무런 문제가 되지 않았다.

주위 친구들이 하이퍼 통신이나 스레드를 별로 하지 않다 보
니 이 사이에서는 오히려 우주가 특이한 쪽에 속했다. 모파는 신
체 활동에 치중해서 지내느라 바빴고, 모파뿐만 아니라 심해수영
부 애들 대부분이 통신에 관심이 없었다. 유일은 스레드 계정을
제법 키운 것 같지만 어디서나 걔는 평범함의 범위에서 벗어나니
예외였다. 유이는 애초부터 소수의 사람만 만나는 걸 좋아했다.
스레드는 사람이 너무 많아서 금방 피로해진다고 했다.

스레드에는 진로 문제도, 친구들도 끼어들지 않다 보니 우주는
종종 일상과 스레드가 분리된 것 같은 기분을 느꼈다. 일상보다
조금, 아주 조금 더 솔직해질 수 있었던 스레드 안에서 우주와 가
장 친한 친구는 바로 혜도였다.

사실 우주가 혜도에 대해 아는 건 자신과 동갑이라는 것, 오늘
게임에서 몇 승을 했는지, 바느질은 어디까지 됐는지, 키우던 식
물이 최근에 꽃을 피웠다든지 하는 사소한 것뿐이었고 정작 혜도
가 어디에 사는지, 뭘 하는 앤지는 몰랐다. 소소한 일상을 공유하
는 것만으로도 충분했으니 굳이 알아내려고 하지도 않았다. 취미
가 생길 때마다 돈을 엄청나게 쓰기에 돈이 많은가 보다, 생각한
게 전부였다.

그와 달리 혜도는 우주에 대해 많은 걸 알고 싶어 했다. 우주는

취미 분야별로 스레드 계정을 따로 만들고 같은 취미를 공유하는 사람들하고만 친구를 맺곤 했는데, 혜도와는 취미가 많이 겹치다 보니 계정을 여럿 공유하게 되었다. 그런데 어느 순간부터 혜도는 우주의 다른 계정들도 모두 알고 싶어 했다. 취미가 겹치지 않았다가도 얼마 뒤 우주와 같은 취미를 가지게 되었다며 친구를 맺자고 했다.

'공유할 수 있는 사람이 있으면 좋지.'

우주는 별생각 없이 혜도에게 계정을 알려 주었다. 혜도가 게임할 때 우주와 같은 서버를 사용하고 싶어 하는 것도, 우주가 스레드에 접속해 있을 때마다 하이퍼 통신을 걸어서 우주의 아바타 옆에 찾아오는 것도 친하니까 당연히 할 수 있는 행동 정도로만 받아들였다.

"우주야, 우리 언제 한번 실제로도 만나 볼까?"

혜도가 만나자는 얘기를 했을 때 우주는 그 말을 반쯤 빈말로 여겼다. 스레드에서 아무리 오래 알고 지냈어도 따로 만나고 싶어 하는 경우는 극히 드물었으니까, 혜도도 그냥 하는 말이겠거니 싶었다. 다른 스레드 친구였다면 무례한 말을 한다고 차단했겠지만 혜도라면 괜찮았다. 아바타 너머의 사람을 한 번쯤 상상하는 게 드물긴 해도 불가능한 일은 아니니까.

"그래, 만나 보면 좋겠네."

그래서 우주는 가볍게 대답했다. 별다른 부담 없이, 편한 친구에게 언젠가 지켜도 되고 지키지 않아도 되는 약속을 하듯이.

이때는 이미 혜도와 일 년을 꼬박 알고 지냈고 일상을 공유하는 걸 넘어서 고민도 제법 나눈 사이였다. 같이 지내다 보니 우주도 혜도에 대해 많이 알게 되었다. 혜도가 수영에는 영 재능이 없다는 것이나, 평소 무슨 생각을 하는지, 가족 사이에 어떤 문제가 있는지. 실제 모습은 몰라도 우주에게는 혜도가 소중한 친구였다.

그러다 혜도에게서 '친한 친구' 신청을 받았다. 우주의 친한 친구 목록에는 모파, 유일, 유이, 그리고 평소 자주 연락하는 애들 두 명이 전부였는데 여기에 혜도가 추가되었다.

혜도가 우주에 대해서 알 수 있는 범위가 친구 공개에서 친한 친구 공개로 확장되었다. 우주가 올려 둔 학교 얘기, 친구들 얘기, 모파의 심해수영 연습 과정을 지켜보면서 세세하게 써 놓은 얘기들을 모두 볼 수 있게 되었다는 의미였다.

혜도

학교 건물로 직접 가는구나. 신기하다. 친구들이랑 다 같이 실제로 만나는 거 좋아 보여.

너도 해 봐. 이젠 등교 안 하면 기분이 이상할 정도.

혜도

난 선생님들이 집으로 오셔.

와, 내 눈엔 그게 더 신기한데?

다른 사람의 시선이 제한된 곳에서 평소처럼 시시콜콜한 이야기를 나누다 보니, 우주는 혜도에게 감추는 것이 더 없어졌다. 지내는 동네라든지 심해수영 하는 친구들에 대해서라든지. 심해수영 선수 친구들과 관련한 이야기를 여러 번 물어볼 때도 그저 신기한 마음에, 아니면 팬심으로 묻는 줄 알고 우주는 혜도에게 많은 얘기를 들려줬다. 우주는 이때 경기 영상을 보여 준 것이나 친구에 대해 말했던 걸 후회했다.

혜도

뭐해.

뭐해뭐해뭐해뭐해.

우주. 답장 좀 해.

미안, 오늘 친구들이랑 약속 있어서.
어후, 무슨 메시지를 90개씩 보내 놨어?

혜도

친구들? 학교 같이 다니는 그 친구들?

걔네 말고 누가 있겠어.

혜도

그럼 내 연락은 별로 안 중요해?

어? 갑자기 얘기가 왜 그렇게 돼?

혜도는 우주가 스레드에 글을 올릴 때마다 말을 걸었다. 자기가 연락했을 때 바로 답장해 달라며 자꾸만 우주를 재촉했다. 하이퍼 통신에서 자신하고만 있기를 바랐으며, 우주가 다른 사람과 대화한 흔적을 발견하면 상대가 누구인지 전부 설명해 주기를 요구했다.

그야 혜도는 우주와 가장 친한 친구니까. 혜도만큼 우주와 잘 맞는 사람도 없으니까. 친구로서 우주의 모든 걸 아는 건 당연한 일이라고 말했다. 설령 모든 시간에 혜도가 끼어드는 것을 우주가 원치 않았더라도.

우주가 아니었다면 모파가 이렇게까지 시달릴 일은 없었을 것이다. 혜도가 모파에게 집착하게 된 건 전부 우주 때문이었다. 혜도는 모파를 좋아해서 스토킹하는 게 아니었다. 혜도가 독점하고 싶어 했던 우주가 모파를 아낀다고 해서, 그래서 모파의 뒤를 쫓아다니는 거였다.

우주는 이번에야말로 혜도와의 인연을 정리해야겠다고 생각했다. 이런 건 절대로 좋은 친구 관계라고 볼 수 없었다.

*

우주도 차분하게 혜도를 설득해 보려고 시도하던 때가 있었다.

그동안 알고 지낸 시간이 있으니, 웬만하면 잘 대화해서 좋게 마무리하고 싶었다. 우주는 자신이 설득하면 혜도도 알아듣고 받아들여 줄 거라고 믿었다.

"그러니까 걔네는 실제로도 만나는 친구들이니까 중요하고, 난 하이퍼 통신으로 만났으니까 덜 중요하다는 거잖아. 너 진짜 이상하다. 직접 학교 나간다고 할 때부터 이상했어. 요즘 누가 등하교를 해? 누가 친구들이랑 직접 만나서 영화를 보냐고. 이게 말이 된다고 생각해? 그냥 나랑 같이 시간 보내기 싫어서 그런 거라고 솔직하게 얘기를 해. 짜증 나게 거짓말하지 말고."

"아니…… 내가 언제 너보고 덜 중요하다고 했어? 거짓말한 적 없어. 하이퍼든 뭐든, 그냥 누구랑 같이 있으면 다른 연락은 나중에 보는 것뿐이야. 너랑 있을 때도 다른 사람 연락은 안 받잖아. 갑자기 왜 이래?"

"갑자기? 지금 갑자기라고 했니? 내가 전부터 불편한 티 냈잖아. 나랑 있다가 친구 만나겠다고 접속 종료하는 거나 오랫동안 연락 안 되는 거 싫다고. 이게 어떻게 갑자기가 돼?"

"그래서 아까부터 말했잖아. 각자 다른 일 할 때는 서로 존중을 하자고. 나도 네가 접속 안 할 때 뭐라 안 할게."

"아하, 너한테 신경 끄라고 말하고 싶은 거지? 그럴 거면 그냥 서로 차단하고 만나지 말자."

"뭐? 그런 말이 아니잖아. 이게 어떻게 차단하자는 얘기로 이어져?"

똑같은 대화의 반복이었다. 우주는 자신이 혜도에게 끌려다니고 있다는 걸 알면서도 최대한 맞춰 주며 지냈다. 친구들과 만나는 날이 줄어들었고 가족 식사도 종종 빠졌다. 그냥 하이퍼 통신 친구랑 약속이 있다고 솔직하게 말하면 되는 건데, 이상하게 자꾸만 거짓말을 하게 됐다. 주변 사람들에게 혜도에 대해서 곧이곧대로 말할 용기가 생기지 않았다.

소꿉친구들 외에 다른 친구가 별로 없는 우주에게 삼 년이나 함께 지낸 혜도는 쉽게 포기하기 어려운 인연이었다. 우주도 혜도와의 일이 남의 사연이었으면 빨리 끊어 내지 못하는 게 답답하다고 했겠지만, 직접 감정이 섞여 드는 경험을 해 보니 감상이 달라졌다. 미련할 정도로 잔정이 많은 우주는 무엇 하나 제대로 선택하지 못했다.

그렇게 혜도에게 맞추어 주기만 하던 우주가 혜도에게 화낸 적이 한 번 있었다. 바로 혜도의 또 다른 계정을 보게 된 그날이었다.

하이퍼 통신 중에는 자리를 비우는 일이 없는 혜도가 웬일로 통신에 문제가 생겼다며 하이퍼 연결을 다시 하는 일이 있었다. 그때 뭔가를 잘못 건드렸는지 혜도의 화면이 우주의 앞까지 확장되었다. 짧은 시간이었지만 우주는 그가 뭘 보고 있었는지 어느 정도 파악할 수 있었다.

언뜻 보았을 때는 스레드에 흔히 올라오는 뒷담화 정도로 생각했다. 남의 화면을 함부로 보는 건 예의가 아니니 얼른 창을 내리려 했다. 심해수영이라는 단어가 우주의 눈에 걸리기 전까지는.

우주는 저도 모르게 떨리는 손으로 혜도의 화면을 건드렸다. 우주의 정보를 인식한 시스템이 사용자 인증 오류로 조작할 수 없다는 알림을 띄웠다. 화면에 표시된 스레드 계정은 우주가 처음 보는 것이었는데, 묘하게 우주가 아는 사람 이야기를 하고 있는 듯했다. 며칠간 고민한 뒤에 우주가 혜도에게 조심스럽게 물었다. 그 계정, 혜도 네 것이 맞느냐고.

"어, 맞는데. 왜? 네가 심해수영 얘기해 주니까 관심 생겨서."

혜도가 너무 아무렇지 않아 보여서 우주는 당황했다. 말을 어떻게 꺼내야 하나 심각하게 고민한 자신이 한순간 바보가 된 것 같았다.

"욕이 좀 심하던데."

"경기 영상 보다 보면 말이 험해질 수도 있지. 선수한테 욕하는 거 아니야. 신경 쓰지 마."

"어떻게 신경을 안 써? 내 친구인 거 뻔히 알면서 왜 말을 그렇게 했냐고."

혜도가 심각한 일이 아니라는 듯 말했지만 우주는 그냥 넘어가지 않았다. 우주의 화난 목소리를 처음 들어 본 혜도는 당황스러워했고, 결국 자기가 잘못했다며 우주에게 싹싹 빌었다. 다시는 안 그러겠다고.

"내가 미안해, 응? 난 친구가 너밖에 없는데 너는 나 말고도 다른 친구가 많으니까……. 나도 너랑 같은 분야를 좋아해 보려고 그랬어. 미안. 다신 안 그럴게."

마음이 약해진 우주는 그대로 혜도의 잘못을 넘겨주었다. 접속도 드문드문하고, 주어도 거의 없었으니 괜찮을 거라 생각했다. 하지만 마음이 썩 후련해지지는 않았다.

우주는 혜도의 계정을 외면하려 애쓰다가 며칠이 지난 뒤에 직접 검색해 들어가 봤다. 우주가 이전에는 미처 보지 못했던, 오래된 게시 글이 쌓여 있었다. 혜도는 우주에게서 심해수영 하는 친구들 얘기를 들은 뒤에 얼마 지나지 않았을 때쯤 스레드 계정을 새로 만들었다. 그리고 집요하게 그들에 대한 이야기를 했다.

언뜻 보아서는 팬 계정 같지만 우주는 알 수 있었다. 혜도는 우주가 말했던 선수들만을 지켜봤고, 특히 모파를 반복적으로 언급했다. 우주는 뒤늦게 이 부분에 대해서 혜도에게 따졌지만, 혜도는 '다 끝난 거 아니었어? 이제 와서 왜 이래?' 하며 스레드 얘기를 피했다.

그 뒤로도 혜도는 스레드에서 종종 심해수영 이야기를 했고, 우주는 혜도가 언제 모파나 친구들 욕을 할지 몰라 조마조마했다. 더는 혜도와의 시간이 편안하지 않았다.

"저기, 혜도. 심해수영 계속 볼 거야?"

"응, 보다 보니 재밌더라. 왜?"

우주는 심해수영 얘기를 그만했으면 좋겠다고 몇 번 표현해 봤지만 소용없었다. 혜도가 왜 이래라저래라 하냐며 되레 화를 낸 탓이었다. 지칠 대로 지친 우주는 혜도에게 메시지를 남기고 곧장 차단해 버렸다.

이제 너랑 같이 못 지내겠다.
네가 원했던 대로 서로 차단하고 살자.

일을 확실히 마무리 짓고 넘어가는 걸 선호하는 우주였지만 더 노력할 기운이 남지 않았다. 그러다 혜도가 모파를 스토킹하러 청운시까지 왔다는 걸 알았을 때는 묵직한 걸로 뒤통수를 얻어맞은 듯 얼얼했다.

혜도가 이렇게까지 미친 짓을 하는 애일 줄은 몰랐다. 우주가 몇 번 연락을 시도했지만 혜도는 받지 않았다. 다만 우주 보란 듯이 스레드 계정을 전체 공개로 바꾸고 활동했다.

혜도의 계정에 모파의 사진이 올라왔을 때 우주는 너무 놀라서 손이 차가워졌다. 애가 미쳤구나, 하는 생각이 드는 동시에 이거라면 신고할 수 있겠다 싶었다. 우주는 곧장 혜도의 스레드 계정을 신고했고, 경찰서의 자동 접수 시스템은 5초도 지나지 않아 접수 결과를 알려 주었다.

—신고 불가. 자동화 기계에 우연히 찍힌 사진으로 분류됨.

자동화 기계 사진으로 인식된다는 건 혜도가 본인의 하이퍼폰으로 사진을 찍지 않았다는 의미였다. 혜도는 생각보다 훨씬 치밀했다. 우주는 이를 갈면서 이의 신청을 올리고 이제 어떻게 해야 하나 고민했다.

우주는 혜도의 위협보다 지금 이 상황을 친구들에게 어떻게 전달해야 할지가 더 걱정이었다. 그러지 않아도 힘들어하는 모파에게 스토커의 존재까지 알리기가 망설여졌다.

'그래도 말은 해야지. 모파 성격상 신경을 아예 안 쓰긴 어렵겠지만.'

유이가 병원 때문에 훈련을 보러 오지 않은 그날이 적격이었다. 모파가 컨디션이 좋다고 장담까지 했으니, 조금은 괜찮은 분위기에서 말을 꺼낼 수 있을 것 같았다. 그런데 하필 사고가 있었다. 설마 모파에게 일어날 거라고는 상상도 하지 못한 사고가. 우주는 스토커 얘기를 나중으로 미루는 수밖에 없었다.

청소년 심해수영 대회 예선전 당일, 우주는 모파만큼이나 잠을 설쳤다. 간밤에 새로 올라온 사진 때문이었다. 혜도는 이전보다 더 밝은 곳에서 모파의 사진을 찍었다. 아직은 고속 이동 통로 저편에서 점처럼 작게 찍었을 뿐이지만 앞으로 얼마나 더 과감해질지 알 수 없는 일이었다.

우주는 유이와 힘을 합쳐 울적해하는 모파를 예선전 경기장까지 끌고 가 놓고, 정작 경기에는 집중하지 못했다. 내내 부재중 상태였던 혜도의 하이퍼 통신이 온라인으로 전환됐기 때문이었다. 우주는 혜도에게 몇 번이나 말을 걸었다. 하지만 혜도가 채널 안에서 노래를 틀었다거나 책을 읽고 있다는 활동 알림만 뜰 뿐, 답장은 오지 않았다. 우주가 아무리 장문의 메시지를 남겨도 혜도는 끄떡 않았다.

"우주, 누구랑 그렇게 연락해?"

"으악!"

모파의 목소리를 듣고 온 신경이 하이퍼폰 화면에만 쏠려 있던 우주가 겨우 현실로 돌아왔다. 모파가 뚱한 얼굴로 우주를 보고 있었다. 우주는 자신이 얼마나 수상해 보였을지 뒤늦게 깨달았다.

그동안 고민한 것이 무색하게, 우주는 다소 충동적으로 혜도의 계정을 모파에게 보여 주었다. 이제는 더 숨긴다고 숨겨질 것 같지도 않았다.

"방향을 보면 훈련장 밖에서 안을 찍은 거야. 밤에 네가 어디 가는지 아는 사람이라는 뜻이지."

옆에 있던 유이가 스토커의 정체를 추측했다. 그 말이 사실이라면 큰일이었다. 아무래도 혜도는 아주 가까운 곳까지 와 있는 것 같았다.

우주가 알기로 혜도는 수영을 못 했다. 전에 흘리듯 얘기했던 바로는 아가미조차 없다는 것 같았다. 혜도는 절대로 스레드에 본인의 이야기를 올리지 않았지만, 우주는 혜도에 대해 꽤 많은 걸 알았다. 우주는 스토킹이 심해지기 전에 혜도가 조만간 만날 수 있을지도 모르겠다고 했다는 점, 그리고 최근에 물에 빠져 죽을 뻔했다고 말했다는 점을 이유로 혜도가 초지시를 넘어서 물 밖의 사람일지도 모른다고 생각한 적이 있었다.

심해수영 대회 예선전 2주 전에 청운시에 도착한 사람, 수영 실력이 안 좋고 하이퍼폰이 아닌 다른 자동화 기계로 촬영이 가능한 사람, 어쩌면 훈련 시설 단지나 예선전에서 마주친 적 있는 사람.

마침 고산종 교환 학생인 수림이 예선전 2주 전에 청운시에 도착했고, 잠수복에 촬영 기능이 있으며, 모파에 대해서 이것저것 물어보곤 했다. 돌이켜 보면 이상한 것투성이였다. 등교 전에 모파와는 어떻게 '우연히' 만났는지, 교환 학생 오리엔테이션 때 왜 그렇게 모파와 버디를 하고 싶어 했는지, 모파가 사고를 당한 날의 훈련 영상을 받고 싶다고 우주에게 따로 얘기한 이유가 뭔지.

"사실 심해수영 경기 데이터를 사서 보기도 했거든. 비싸긴 하지만 관심 많은 분야라서. 심해수영 레인에서 힘이 빠지면 어떻게 되는지 확인할 수 있는 자료기도 하고……. 아, 모파한테 사고가 난 것 때문에 불편하다면 당연히 거절해도 괜찮아. 모파한테도 물어볼 생각인데 지금은 좀 어려울 것 같아 보여서 우주 너한테 먼저 물어보는 거야. ……역시 어렵겠지?"

우주는 문득 생각했다. 수림이 혜도일지도 모른다고. 지금껏 아무것도 모르는 체하며 근처를 맴돌고 있었던 거라고. 속으로는 우주를 비웃으면서.

원래 하이퍼 통신은 수중에서만 서비스하는 기능이지만 물 밖에서 하이퍼 통신을 이용하는 것 자체는 가능하다. 중간 통신 업체를 거친다면. 물론 산과 도시 간 미디어 데이터를 옮기는 데는 돈이 엄청나게 들겠지만, 값비싼 교환 학생 프로그램을 신청해 심해까지 온 데다 심해에서 쓰려고 하이퍼폰을 사서 개통까지 한 수림에게는 그리 큰 부담이 아닐지도 몰랐다.

고산종이 그렇게까지 돈을 써서 심해 도시 스레드를 사용해 왔다는 가정이 이상하긴 했지만 '혜도'는 원래부터 남들과 다른 걸 하고 싶어 하는 애였다. 작년부터 돈 쓸 일이 많다고 하던 것도 스레드와 하이퍼 통신 비용을 내야 해서, 아니면 경기 영상을 구매하느라 그랬던 게 틀림없었다.

한번은 하이퍼 통신 중 혜도가 자꾸만 머리 주변에 손을 대고 모양새를 고치는 듯한 모습을 보였다. 이때 우주는 혜도의 아바타 전송에 문제가 있는 줄로만 알았는데, 최근 수림을 만난 뒤에야 그 손짓의 의미를 깨달았다. 혜도가 그때 했던 건 분명 헬멧을 제대로 돌려 끼우는 행동이었다.

"아, 미안. 아무리 그래도 본인한테 말없이 보내 주기는 어려울 것 같아."

수림이 혜도일지도 모른다는 생각이 들자 우주의 표정이 싸하게 굳었다. 우주는 본인이 생각하기에도 조금 딱딱한 투로 수림의 부탁을 거절하고는 먼저 교실로 들어갔다. 짧은 사이 수림과 모파가 친해진 것 같던데, 수림에 대한 얘기를 어떻게 하는 게 좋을까. 모파가 우주의 말을 믿어 줄까. 그동안 이상하게 행동해 놓고 또 이상한 소리를 한다고 면박을 줄지도 몰랐다.

우주는 셋이 함께 등하교하는 시간이 좋았다. 수림은 많은 걸 해 본 애였고 우주와 대화도 잘 통했다. 그래서 더 혜도일지도 모른다는 생각이 사라지지 않았다. 우주에게 집착하기 전, 우주와 가장 잘 통하던 혜도의 모습과 수림은 닮아 있었다. 차라리 스레드 일은 잊어버리고 수림이 교환 학생 기간을 잘 채우고 돌아간다면 이대로 아무 일 없었던 것처럼 마무리할 수도 있지 않을까 기대하기도 했다. 스트레스받는 일 없이 적당히 넘어가면 모두에게 좋을 텐데.

"아무래도 음료에 근이완제가 들어 있었던 것 같아."

우주의 바람과는 달리, 결정적인 증거가 두 가지나 나오고 말았다. 하나는 훈련 영상. 모파에게는 영상의 양쪽을 잘라 낸 뒤에 보내 줬지만, 사실 우주가 찍은 영상에는 수림의 모습이 제대로 나왔다. 커다란 잠수복을 입은 사람이 화면 안으로 들어와 물통을 가져갔다가 일정 시간이 지난 이후 돌려놓는 모습이었다.

우주가 알아본 바로는 교환 학생 프로그램 중에 운동부 견학이 있었다. 매니저가 하는 일을 돕느라 음료통 채우는 걸 해 본 모양인데, 그사이 음료통에다 무슨 짓을 했는지는 아무도 모를 일이었다. 우주는 이 모든 게 그저 오해이길 바랐다. 모파에게 영상을 잘라서 보낸 것도 그 때문이었다. 굳이 문제를 키우지 않고 상황을 잘 마무리해 넘긴다면 괜찮을 거라고 믿고 싶었다. 이미 모파가 스토킹을 당하고 있다는 걸 알면서도 아직은 해결할 가능성이 있다고, 그렇게 생각하고 싶었다. 혜도가 마음을 고쳐먹고 곱게 돌아갈지 모른다고 말이다.

하지만 혜도는 우주가 더는 가만있지 못하게 만들었다. 유이네 집 거실에서 모파가 혜도의 스레드를 보여 줬을 때, 우주는 혜도 계정에 캠핑장 사진이 올라온 걸 처음 봤다. 다른 곳도 아니고 캠핑장 사진을 올렸다는 건 자기가 누군지 알아봐 달라고 외치는 것이나 다름없었다.

"미안. 일이 있어서 먼저 가 볼게. 내일 보자."

자신이 모파를 혼란스럽게 하고 있다는 걸 알면서도 우주는 상황을 설명하지 않았다. 제대로 말을 정리할 자신이 없었다. 우주가 할 수 있는 건 황급히 자리를 피하는 것뿐이었다.

우주는 자신의 생각을 말로 내뱉기까지 시간이 필요한 편이었다. 말보다 글로 써서 정리하는 게 편했고, 감정이 격해지면 눈물부터 났다. 모파 앞에서 똑바로 말할 수 있을 때까지 마음을 정리하고 싶었다. 그런데 한번 등교 시간을 피하고 나니 모파 얼굴을 마주 보기가 점점 더 어려워져 갔다. 스토커와 모파를 단둘이 내버려두는 것도 걱정됐지만 뭘 해야 할지 알 수 없었다. 아직까지 스레드에 모파의 집이 나오진 않았지만, 혜도가 개인적인 공간을 어디까지 침범하게 될지 알 수 없는 일이었다.

> 나랑 얘기 좀 해.
> 어디 있는지 다 알아. 네가 누군지도 다 알아냈어.

한 주 내내 모파와 친구들을 피해 다닌 뒤 맞이한 침울한 주말이었다. 우주는 혜도가 원하는 것을 적당히 들어주고 스토킹을 멈추게 할 작정으로 재차 연락을 남겼다. 어차피 답을 주지 않는 혜도였지만 확인을 한다는 것만은 알 수 있었다.

그런데 조용하기만 하던 혜도에게서 답장이 왔다. 혜도는 아무 말 없이 사진 한 장을 보내왔다. 집에 들어가는 모파의 뒷모습이었다. 우주에게 마지막으로 남아 있던 이성의 끈이 끊어지고 말았다. 우주는 무표정한 얼굴로 답장을 보냈다.

> 저기, 나 이제 학교는 하이퍼 통신으로만 다니려고.
> 너한테 소홀해서 미안해, 혜도. 나랑 가장 친한 친구는 너뿐인데. 네 말대로 우리 한번 만나 보자. 직접 얘기하고 싶은 게 많아. 사과의 뜻으로 선물도 준비했어.

우주의 하이퍼폰 화면에 혜도가 뭔가 입력하고 있다는 표시가
떴다. 우주는 화가 머리끝까지 난 나머지 지나치게 속이 차가워
지는 걸 느꼈다. 돌아오는 수요일, 우주는 혜도와 만나기로 했다.
그리고 약속 장소에는 우주의 예상대로 수림이 나타났다.

진짜 친구

"지금까지 아무 해명도 안 하고 있었던 건 미안해. 어떻게 오해받아도 할 말 없는 상황이었어. 그때 난 진짜 제정신이 아니기도 했고. 스토킹을 못 하게 하려면 내가 뭘 해야 할지도 모르겠고……. 내가 스레드 친구 잘못 사귀어서 이런 상황까지 오게 됐다는 걸 알리기도 부끄럽고. 무서웠어. 정말 미안."

나는 우주의 말을 다 듣고도 어안이 벙벙해서 한동안 입을 다물지 못했다. 우주가 일이 생기면 혼자 다 끌어안으려 하는 편인 건 알았는데 이 정도일 줄은 몰랐다. 스토커가 우주에게 집착하느라 나를 따라다녔다는 것도, 설명은 들었지만 완전히 이해되는 건 아니었다.

"대체 우주랑 친해지고 싶은데 왜 나를 따라다녀?"

내가 묻자 우주는 뭐라 더 설명해야 할지 모르겠다는 듯 음, 하고 볼만 붉적였고 유이는 얘가 운동만 해서 이런다며 나에게 일단 듣기나 하라고 말했다.

모두의 시선이 수림에게로 몰렸다. 지금까지 우주의 말을 함께 듣던 수림은 당황해서 잠시 말을 더듬었다.

"자, 잠깐. 잠깐만. 진짜 크게 오해한 게 하나 있는데, 난 너희가 말하는 혜도가 아니야. 물론 물 위에서 심해수영 경기 영상을 구매한 적 있는 건 맞아. 그런데 공식적으로 올라온 영상들만 구했던 거야. 나 그렇게 부자 아니고, 그 영상들 전부 내가 열심히 파트타임 일해서 샀어. 여기 온 건 나도, 우리 부모님도 정말 큰마음 먹은 거야."

우주가 고개를 들고 수림을 노려봤다. 매서운 눈빛을 받은 수림이 움찔 놀라서 뒤로 한 걸음 물러났다.

"그럼 여기 오자마자 모파 보러 간 건 뭐였어? 교환 학생 적응 기간 끝나고 바로 모파 있는 곳으로 갔다며."

"아, 아니야. 그건 정말 우연히 마주친 거였어. 동네 둘러보다가……."

수림은 어디서부터 말해야 할지 모르겠다며 자신의 상황을 나름대로 쭉 설명했지만 모든 게 오해라는 말 말고는 할 수 있는 게 없었다. 나는 결국 한숨을 내쉬고 우주에게 설명했다. 이런 상황까지 와서 내 비밀만을 지키겠다고 침묵할 수는 없었다.

"청운 타워에서 만났어. 수림은 그냥 전망대 보러 왔던 거야. 나 혼자 거기 가서 머리 비우고 오는 걸 좋아해서, 수림한테도 비밀로 해 달라고 부탁했거든. 거긴 나만 알고 싶어서.”

우주가 눈에 힘을 풀었다. 하지만 수림에게 꼬치꼬치 캐묻는 건 멈추지 않았다.

“모파랑 버디 하고 싶다고 콕 집어서 애기한 건?”

“그야 만나 본 적 있으니까 반가워서 그랬지.”

“……그럼 굳이 모파 음료통을 가져갔던 이유는?”

“그건 그냥 처음 집은 게 모파 거였을 뿐이었어. 구조를 잘 몰라서 헤매느라 오래 걸린 거야.”

“지금 이 시간에 여기 온 것도 우연이야?”

“……우연이야. 모파가 훈련 쉬는 날이라서 나도 영상 찍으러 돌아다니고 있었어.”

어쩌면 우주가 정말로 별것도 아닌 일에 예민했던 것일 수도 있고, 수림의 답이 전부 우연에 기댔다고 할 수도 있는 대화였다. 수림은 나름 솔직하게 대답하는 것 같았지만 우주의 의심을 풀지는 못했다. 우주가 뭔가 더 따지려고 하던 그때, 더 이상 수림이 해명하지 않아도 되는 상황이 벌어졌다. ‘진짜 혜도’가 공원에 나타난 덕분이었다.

아주 작은, 물속에서는 전부 묻힐 만큼 작게 바스락거리는 소리였다. 하지만 인기척에 예민해질 대로 예민해진 나와 우주는 그 소리를 금방 눈치챘다. 우리가 고개를 홱 돌리자 수림과 비슷하게 우주인 같은 잠수복을 입은 사람이 화들짝 놀라며 단수 구역 밖으로 도망치기 시작했다.

"저 사람 잡아!"

그리 빠르지 않은 우주에게도 잡힐 정도로 혜도는 수영을 못했다. 그렇게나 우주와 나를 힘들게 하던 혜도는, 허무하게도 물풀 줄기에 스치는 바람에 우리에게 걸려들고 말았다.

"야! 너! 이 미친 스토커 자식, 넌 죽었어!"

"케엑, 켁! 살려 줘!"

만나게 되면 응징하고 싶었는데, 난 오히려 우주의 손에서 혜도를 구해 주면서 개의 얼굴을 처음 마주하게 됐다. 우주는 혜도의 목이 졸리든지 말든지 멱살을 잡은 손을 풀지 않았다. 수림을 붙들던 때보다 훨씬 강한 힘이었다. 집에만 있던 애가 맞나 생각하길 잠시, 우주가 한동안 목공에 재미를 붙인 적 있다는 사실이 떠올랐다. 어쨌든 나와 유이, 수림까지 붙어서 겨우 우주와 혜도를 떨어트려 놓았다.

"헉, 헉……."

"아, 너는 무슨 손힘이……."

우린 한동안 숨만 골랐다. 잘 말라 가던 몸이 흠뻑 젖는 통에 다시 단수 구역을 축축하게 만들고 말았다. 건조 시스템이 돌아가는 소리가 요란하게 들려왔다.

하이퍼 통신에서 당당하고 까칠했다던 혜도는 사람과 대화할 때 3초 이상 눈을 마주치지 못하는 애였다. 시선을 자꾸 옆으로 피하면서도 자기가 뭘 잘못했는지 모르겠다는 태도였다. 나는 혜도를 조용히 바라보다가 물었다.

"왜 그랬어? 난 너 때문에 신경이 곤두서서 잠 한숨도 못 자면서 지냈어."

혜도는 질문을 듣고 날 째려보았다. 우주에게 팔뚝을 붙들리고 있어서인지 다른 행동을 하진 않았다. 내가 조용히 눈을 마주 보며 대답을 기다리자 혜도는 시선을 내리깔고서 빠르고 불명확하게 웅얼거렸다.

"당연히 네가 싫으니까 그러지."

"내가 왜 싫은데? 나랑 만나 본 적도 없잖아."

"그건, ……그러니까,"

"재능도 없으면서 심해수영 왜 계속하냐고 써 놨더라."

"나는 그냥……."

"그렇게 스레드에 열심히 올려놓고 왜 직접 말로는 못 해?"

"아, 아니, 너도 현실을 알면…… 더 좋은 거 아니야?"

계속해서 몰아붙이자 결국 혜도가 스레드에서 했던 말들을 내뱉었다. 누가 보면 억울한 일이라도 당한 사람 같은 표정이었다. 자기는 잘못한 것 하나 없고 불쌍하다고 생각하는 듯이.

"그, 그렇잖아. 괜히 말도 안 되는 희망에 매달리는 것보다 빨리 다른 선택하는 게 낫잖아. 안, 안 그래? 히익, 미안, 미안해!"

혜도는 지나치게 벌벌 떨면서 우주의 눈치를 봤다. 우주가 다른 행동을 하지 않고 혜도를 바라보기만 했는데도 그랬다.

"아직 반성이 안 되나 본데, 이미 스토킹 신고는 해 놨어. 경찰서 가서 조사받고 네 잘못이 뭔지 직접 확인해."

우주가 신고했다고 말하자 혜도의 두 눈이 한껏 커졌다. 어쩐지 배신감을 느끼는 것처럼 보였다. 혜도가 눈물을 뚝뚝 떨어트리면서 말했다.

"나, 나, 나는 진짜 억울해. 그냥 제일 친한 친구랑 둘이서만 지내고 싶어 하는 게 뭐가 나빠? 기다리는 나는 필요할 때만 찾고. 우, 우주 너도, 잘못한 거 맞잖아."

혜도의 말을 들은 우주가 주먹을 쥐었다. 이러다간 우주가 혜도의 몇 없는 비늘을 다 뜯어 놓을지도 모르겠단 생각이 들었다. 나는 둘 사이를 몸으로 막고 서서 혜도에게 말했다.

"야."

"어허엉, 형! 우주, 이 배신자, 쓰레기야! 내가 그 먼 초지시에서 여기까지 왔는데 신고했단 소리나 하고. 너 후회할 거야. 진짜 후회할 거라고!"

"잘 들어. 지금 넌 스토킹하다 걸린 범죄자고, 난 너 봐줄 생각 없어. 우주 탓할 시간에 네 걱정이나 하는 게 좋을걸?"

"야, 너 쟤 진짜 믿어? 쟤는 친구를 필요할 때만 찾아. 너도 그까짓 심해수영 그만두면 우주한테 아무것도 아니게 될걸. 우주는 네가 심해수영 선수니까 친하게 지내는 거야.”

혜도의 말을 듣고 있으니 침착함을 유지하고 있던 나까지 열이 오르는 것 같았다. 다른 건 모르겠지만, 얘는 남의 속을 뒤집는 데는 확실히 재능이 있었다.

“네가 필요에 의해서만 친구를 사귀니까 그런 생각이 드는 거겠지. 우린 친구가 무슨 일을 하든지 신경 안 쓰고 지내.”

“거짓말하지 마! 어떻게 신경을 안 써? 말이 되는 소리를 해. 너도 재랑 똑같아.”

“믿든 말든 상관없어. 그리고 네가 얼마나 열심히 사는지는 모르겠는데, 남이 노력하는 걸 함부로 비난하지 마. 그럴 자격 없으니까.”

하고 싶은 말은 다 했는데 속이 시원하지 않았다. 사실 내가 내심 혜도의 말에 동의하고 있었기 때문인 걸지도 몰랐다. 나를 몇 주간 힘들게 하던 스토커는 실제로 나에게 위협조차 되지 않을 만큼 나약한 애였고 너무나도 쉽게 붙잡혀 버렸다.

오히려 나를 더 괴롭힌 건 내 머릿속의 스토커였다. 시시때때로 나를 따라다니면서 나의 무능을 쉽게 비난하고, 나의 크고 작은 수치를 낱낱이 파헤치고, 내가 뒤처질 때마다 끔찍한 말로 날 몰아붙이고 함부로 대하던 그는, 누구보다 나의 얼굴을 더 많이 닮아 있었다.

*

"모파는 힘 빼고, 스트로크 횟수 더 줄여 보자."

마음이 급해지기만 하면 다리에 힘이 들어가고, 손으로 물을 잡아 넘기려는 생각으로 팔을 빨리 돌리려고 해서 문제였다. 그러다 호흡이 흐트러지고 몸의 움직임이 어긋나고, 또 허우적거리고. 신체 훈련보다도 내 마음을 다스리는 게 무엇보다도 급했다.

우주와 유이가 차지하곤 하던 관객석 두 번째 줄 정중앙 자리에는 수림이 있었다. 수림은 청운시의 심해수영 선수들을 유심히 관찰하다가 나에게 궁금한 걸 묻고는 했다. 수림이 물어보는 건 경기장이나 선수에 대한 사소한 궁금증이 대부분이었는데, 그중에서도 운하에 대해 조심스럽게 꺼낸 질문은 꽤 웃겼다. 수림의 영상에 운하가 영양제를 챙겨 먹는 모습이 자주 찍힌 모양이었다.

"이 선수는 혹시 어디가 아파? 먹는 약이 많네."

"뭐? 푸하하! 오히려 너무 건강해서 탈이지, 걔는."

자리의 원래 주인인 우주는 오늘 경찰서에 가느라 훈련을 보러 오지 못했다. 아까 쉬는 시간에 보니까, 우주가 단체 통신방에 여러 메시지를 남기고 있었다. 자신이 혜도에 대해서 잘못 알고 있는 게 많았다며 충격받은 듯한 모습이었다.

우주

초지시 사람이래. 그동안 올린 사진이나 영상도 대부분 가짜였어.

유이

그게 가능해? 스레드는 AI 콘텐츠 업로드 금지잖아?

우주

다른 사람한테 사진을 산 것 같아.

유이

그렇게까지 한다고? 네 말대로 돈이 많긴 한가 보네.

우주

본인이 부자라고 계속 말하니까 나도 걔가 부자인 줄 알았는데, 그런 것도 아닌가 봐. 따로 아르바이트도 하는 것 같고.

유이

자기가 번 돈 쓰는 건 자유라지만…… 난 이해는 안 되네.

유일

이해가 되면 이상한 일이긴 함.

혜도가 직접 한 거라고는 게임, 그리고 게시 글을 어떻게 올릴지 내용을 정하는 것 정도였다. 우주는 그 애의 어디서부터 어디까지가 진짜였는지 알 수 없게 되었다며 혼란스러워했다. 나는 우주와 친해지고 싶어 하던 혜도의 마음만큼은 진짜였을 거라고 생각했지만, 그 생각을 꺼내 놓지는 않았다. 혜도가 진심이었다고 해서 걔가 한 짓들이 괜찮아지는 건 아니니까.

유이는 오늘 병원에 갔다. 아프지 않아도 한 번씩 정밀 검사를 받고 투약 효과가 있는지 확인하기 위해서였다. 듣기로는 진화 촉진제와 다른 약을 함께 복용하는 것 같았다. 힘들게 처방받았다고 유이가 얘기한 적 있었다.

태어나서 지금까지 유이의 몸에 진화할 기미 같은 건 보이지 않는데도 유이의 부모님은 포기하지 않았다. 유이도 부모님 기대에 맞추어 꼬박꼬박 병원에 다니고는 있지만 슬슬 한계에 달하는 듯했다. 유이가 받는다던 그 검사는 차라리 내가 받아 보고 싶은 심정이었다. 나에게 일말의 가능성이라도 남아 있는지 확인하고 싶었다. 그러면서 막상 검사를 받을 수 있다고 하면 피하고 싶은 마음이 동시에 들었다.

'누구지?'

수림 혼자서 자리를 지키고 있는 관객석. 맨 뒷줄에 어느새 처음 보는 사람이 앉아 있었다. 훈련을 지켜보는 것도 아니고, 그렇다고 하이퍼폰을 보거나 다른 일을 하는 것도 아니면서 꼿꼿하게 앉아만 있으니까 이상하게 느껴졌다. 안드로이드인가, 생각한 나는 이내 그에게서 관심을 껐다.

레인에 들어서기 전에 눈을 감고 잡념을 떨쳐 냈다. 나는 할 수 있다, 할 수 있다.

나는 등 뒤의 스타트대에 발을 대고 몸을 한껏 웅크려 준비 자세를 취했다. 거칠게 돌아가는 레인은 절대 파고들 수 없을 것처럼 보였다. 손끝으로 직접 입구를 잡아 열고 레인에 뛰어드는 걸 좋아하던 시기도 있었다. 물이 무엇보다도 만만하고 쉽게 느껴지던 때였다.

요즘은, 글쎄. 레인으로 뛰어드는 게 딱히 즐겁지만은 않았다. 얼마나 빠르고 정확하게, 힘 있게 출발할 수 있을지를 생각하느라 달리 재미를 느낄 만한 틈이 없었다.

지금도 마찬가지였다. 몸을 레인 안으로 쏘아 보낼 때 끝까지 자세를 유지하지 못해 뒷심이 부족한 출발을 한 게 아쉬웠다. 머릿속이 영 비워지지 않아 모든 동작에 힘이 들어가는 것도 마음에 들지 않았다. 호흡이 너무 빠른 것 같았다. 스트로크를 줄이는 일이 마음처럼 되지 않았다. 몸에 닿는 모든 물이 나를 뒤쪽으로 잡아끄는 듯 무겁기만 했다.

나는 속으로 되뇌었다. 레인 한 바퀴조차 포기하면 다른 것도 해낼 수 없을 거라고. 어깨가 빠질 것 같고 다리가 끝없이 늘어졌지만 억지로 움직였다. 완주라도 제대로 해야 한다는 생각만으로 어떻게든 레인을 다 돌았다. 지긋지긋한 동그라미를 완성하고야 말았다.

레인 바깥으로 나와서 들은 기록은 최악이었다. 복귀 후 간신히 1분 2초대로 줄여 놨는데 이번에 또 1분 10초를 넘겼다. 온몸에서 힘이 빠졌다. 레인에서는 죽어도 힘 빼기가 어렵더니, 이젠 반대로 팔다리가 축축 늘어졌다. 내가 뭘 얼마나 더 할 수 있을지 모르겠다. 잠을 줄이며 연습하는 것도, 푹 쉬었다 오는 것도 효과가 없다면 어떡해야 할까.

또 심장이 심하게 뛰었다. 운동해서 자연스럽게 생기는 반응이 아니었다. 불쾌한 울렁거림이 온몸으로 퍼져 나갔다.

나는 엉망인 기분으로 훈련장에서 나왔다. 평소보다 빨리 자리를 뜨는데 아무도 날 붙잡지 않았다. 코치님은 내 컨디션을 생각해서 내버려두는 거겠지만 어쩐지 나를 포기하는 것처럼 느껴져서 더 기분이 상했다. 붙잡으면 붙잡는 대로 기분 상했을 거면서. 나도 내가 뭘 원하는 건지 모르겠다.

탈의실 사물함에 심해수영복을 함부로 구겨 넣어 버리고 수림과 함께 훈련장 건물을 나서는데, 덩치 큰 사람이 다가왔다. 관객석 맨 뒷줄에 있던 사람이었다.

"저기, 갑자기 미안한데. 나 좀 도와줄래요?"

그는 나와 조금 떨어진 곳에 멈춰서 말했다. 목 옆면에 기종 표시가 있는 걸 보니 내 예상이 맞았다.

"내 이름은 디디. 혜도가 날 여기까지 데려왔어요."

디디가 반말과 존댓말을 모호하게 섞어 쓰며 자신의 상황을 나에게 설명했다. 디디는 혜도가 초지시에서 청운시까지 데려온 안드로이드였다. 나를 따라다니라는 명령을 받은 뒤 착실하게 내 뒤를 밟았고, 혜도가 조사를 받으러 간 이후 그와 만날 수 없게 되어서 어쩔 수 없이 내 근처에 남게 되었다.

"함부로 따라다닌 건 정말 미안합니다. 자체적으로 명령을 선별해서 들어도 되지만 가능하다면 혜도의 말을 들어주고 싶었어요."

"뭐?"

어이가 없었다. 잘못이라는 걸 알면서도 스토킹했다는 거잖아, 지금?

"모파 당신에게 부탁이 있어서 찾아왔어요."

이 스토커 로봇은 뻔뻔하게도 내 앞에 나타나서 자길 도와 달라고 말했다.

*

"정신 차리자. 너 원래 이 정도 아니야. 이겨 낼 수 있어. 목표는 운하 발끝까진 따라가는 거다."

집에서 나가기 전, 나는 거울을 보면서 중얼거렸다. 긍정적인 생각을 나 자신에게 세뇌하는 의식이었다. 조금 미친 사람처럼 보인다는 부작용은 있지만, 은근히 효과가 괜찮다. 불안하면 잘되려던 일도 안 된다. 그러니까 정신 똑바로 차리고 마음부터 다잡아야 한다.

깨달은 게 있다면 처음부터 너무 큰 목표를 세우면 안 된다는

거였다. 운하를 이기겠다거나 운하만큼 하겠다는 생각은 접기로
했다. 지나치게 위만 올려다보니까 목만 아프고 부담이 커졌던
것 같다. 대신 나는 운하의 발끝까지만 따라가기로 했다. 솔직히
운하 발끝을 따라갈 수 있을지도 확신이 들지 않았다.

여름 방학 전에 마지막으로 큰 대회가 하나 더 있다. 이번에는
대양 단위의 대회라서 청운뿐만 아니라 초지와 해원에서도 선수
들이 올 거라고 했다. 체험 학습이라든지 다른 일에는 대부분 우
리가 초지나 해원으로 가지만, 심해수영 대회만큼은 그쪽에서 여
기까지 원정을 왔다.

그동안 나는 청운시 선수에 비해서 진화 특성이 현저히 적은 다
른 도시의 선수들을 신경 쓰지 않고 지냈다. 청운시 내의 경쟁이
워낙 치열했기에 대양 대회가 상대적으로 수월한 탓이었다. 물론
대회의 규모가 큰 만큼 따라오는 중압감은 만만치 않았지만.

내 기록이 1분대에 머무르는 지금은 이전과 달랐다. 아무리 진
화 특성이 적은 선수라고 해도 1분대라면 해 볼 만한 경기가 될
터였다. 그들도 심해수영을 할 만큼의 조건은 갖추었을 테니까.

나는 최악의 결과만은 면하자는 생각으로 낮 내내 훈련장에 붙
어서 지냈다. 내가 학교에 가지 않으니 우주가 수림과 같이 등하
교를 했다. 이쯤 되면 나보다는 우주가 버디 활동을 하고 있는 게
아닌가 싶었다.

같은 훈련을 아무리 반복해도 유의미한 발전이 있지는 않았다.

그나마 다행인 건 이제 레인을 돌면서 지나치게 심장이 뛰는 증상이 나타나지 않았다는 점이다. 내가 못한다는 생각에도 면역이 생기는 것인지 나쁜 결과를 보면서도 크게 조바심이 나지 않게 되었다. 그저 1분 10초 밑으로 떨어지지 않으니 그게 어딘가, 하는 생각으로 1분대 초반을 유지하는 것에 안주했다. 이래서는 안 된다는 걸 알지만 50초대로 돌아가려고 하는 순간부터 힘들어질 것을 알기에 도전할 엄두가 나지 않았다.

그래 놓고 밤에 자려고 눈을 감기만 하면 안 좋은 일을 곱씹거나 불행한 미래를 그리곤 했다. 밤새우는 날은 그다지 줄지 않았고, 최근 나는 아침에 눈을 뜨자마자 기분이 안 좋을 때가 많았다. 종일 몸을 움직이며 보내기는 하지만 치열하게 살고 있는 것 같지 않았다. 치열하다는 건 죽을 만큼 힘들어야 하는 건데, 난 적정한 운동량만을 채우며 시간을 보낼 뿐이었으니까. 다 같이 연습하면서 다른 애들은 발전할지 몰라도 나는 제자리에서 허우적거리는 것에 불과했다. 어쩌면 가라앉고 있는 걸지도 몰랐다.

"아, 머리 아파."

머리가 지끈거리는 것도 모자라서 안압이 높은 건지 눈이 당겼다. 오늘 두 시간 겨우 자고 나와서 그런 것 같았다. 심해수영 생각을 하느라 그런 것도 있지만 지금은 내가 집 밖으로 나오자마자 따라오는 스토커 안드로이드 때문에 피로한 게 훨씬 컸다. 우주와 수림이 없으니까 디디는 대놓고 내 옆에 따라붙었다.

"스트레스와 피로 누적이 심한 것 같은데 주에 한 번 정도는 훈련을 쉬는 게 좋지 않을까요?"

"꺼져, 좀. 너 때문에 쌓이는 스트레스니까."

"하지만 모파, 제 얘기를 전혀 듣지 않았잖아요."

"내가 네 말을 왜 들어 줘야 하는데? 스토커 주제에. 시간 없으니까 가라고."

디디가 처음 나타나서 도움을 요청했을 때 나는 그의 부탁이 뭔지 들어 보지도 않고 거절했다. 다짜고짜 나타나서 혜도를 도와 달라 하는 안드로이드에게 쓸 시간 따위가 있을 리 없었다. 저 뻔뻔한 얼굴을 볼수록 기가 찼다. 스토킹 피해자인 나한테 스토커를 도와 달라고? 아무리 억울한 일이 있대도 내가 도와줄 리가 없잖아. 이놈의 안드로이드는 도덕성 프로그램도 설치가 안 되어 있나. 암만 불쌍한 척해 봐라, 내가 돌아보나. 와중에 감정 표현은 제대로 설치되어 있는지 표정 변화가 다채로웠다. 어이가 없네.

나는 힘껏 발을 굴러 나아갔다. 내가 아무리 컨디션이 안 좋아도 일반 도로에서 일반인에게 따라잡힐 정도는 아닌데, 역시 디디는 나를 잘도 따라왔다. 그동안 혜도가 어떻게 훈련 시설 단지며 캠핑장까지 따라붙었는지에 대한 의문이 모두 해소되었다. 저 정도 수영 기능이라면 웬만한 사람은 떨쳐 내지도 못할 듯했다. 비싼 돈 주고 안드로이드를 사서 기껏 한다는 일이 스토킹이라니, 혜도가 한심했다.

디디는 거리를 조금 두고 날 따라왔다. 어찌나 파동도 없이 움직이는지 돌아보지 않으면 디디의 기척이 잘 느껴지지 않았다. 불쾌해진 나는 디디에게 짜증스레 말했다.

"야, 네가 앞장서."

"네? 제가요?"

"그래, 어차피 따라올 거고, 내가 어디 가는지도 알잖아. 그럼 네가 앞에서 가라고. 뒤에서 따라오는 거 기분 나쁘니까."

내 말을 들은 디디가 순순히 앞장섰다. 훈련 시설 단지로 직행하는 걸 보니, 역시 내가 어디로 가는지 알고 있었다. 게다가 내가 집에서 나오자마자 따라온 것만 보아도 나의 외출 시간을 알거나 주변에서 내내 머무른 것 같았다. 쟤는 충전도 안 하나. 나는 디디의 뒷모습을 노려보았다.

훈련장으로 들어가자 통유리 문 너머에서 레인이 돌아가고 있는 것이 보였다. 아직 훈련 시작 시간이 되려면 멀었는데 레인이 가동되다니, 나보다 먼저 온 사람이 있는 듯했다. 보나 마나 운하겠지. 나는 어깨를 으쓱이고 탈의실로 들어갔다.

"저, 모파."

"뭐. 탈의실까지 따라오게? 솔직히 말해. 이것도 혜도인지 뭔지가 시킨 거지?"

"아니에요. 제 말 좀 들어 주세요."

"나한테 뭐 맡겨 놨어? 내가 듣고 싶을 때 들을 거니까 그때까지 기다려."

안드로이드에게 인내심의 한계 따위는 없겠지만, 나는 디디의 말을 계속 무시했다. 탈의실 문을 닫으니 마음이 조금 놓였다. 혜도를 신고한 뒤에도 마음이 불편하던 게 저 안드로이드 때문이었나. 기가 차서 더 따질 말도 생각나지 않았다.

나는 심해수영용 슈트의 버튼을 누르고 몸통에 달라붙은 슈트에다 팔다리를 꿰었다. 요즘은 원터치로 나온 것도 많다는데, 난 아직 반자동을 고집했다. 이게 익숙하고 편해서였다. 오늘도 준비 운동을 하고 기초 체력 훈련 후 레인에 들어가서 될 때까지 팔을 돌려야겠지. 기록이 나아지진 않더라도 더 이상 떨어지지 않게 신경 쓰면서 계속, 계속 레인 안에서 빙글빙글…….

아, 지겨워. 노력하지 않고도 1등 할 수 있다면 얼마나 좋을까. 다른 애들한테도 '쟤는 어떻게 저렇게 잘하냐.' 소리 들으면서 지내는 나를 상상했다. 남들이 수군거리는 소리는 신경도 쓰지 않고 당당하게 지나가는 나를 그리다 보니, 어쩐지 상상 속 내 모습이 운하와 닮은 것 같단 생각이 들었다. 나는 사물함에 가방을 넣다 말고 가방 주머니를 열어 보았다. 이모의 파우치가 고이 들어 있었다. 나는 파우치를 아주 조금만 열어서 안에 있는 진화 촉진제를 만지작거렸다.

이거라면 상황이 훨씬 나아질 수 있지 않을까. 누군가 곁에서 속삭이는 것 같았다. 아직 대회까지는 시간이 남았다. 대회 전까지 내내 먹는 것도 아니고, 한두 알 정도만 먹어 보는 걸로는 괜찮을지도 모른다. 손끝에 힘을 준 채로 차마 약봉지를 뜯지 못하고 쳐다만 보는데 누군가 탈의실에 들어왔다. 나는 너무 놀라 이상한 소리를 냈다.

"끄아아악!"

"뭐야? 네가 고래야?"

운하였다. 내가 물을 먹으며 비명 지르자 운하가 이상하게 날 쳐다봤다. 나는 허겁지겁 파우치를 가방에 구겨 넣고는 사물함을 닫았다.

"어, 아, 아니, 갑자기 들어오니까 놀라서. 하, 하하! 네 생각 중이었는데 마침 오니까 신기하네. 하하. 하하하하."

"별일이네. 네가 그런 말을 할 줄은 몰랐는데."

나야말로 운하가 그런 말을 할 줄은 몰랐다. 나는 놀란 얼굴로 운하를 돌아보는데, 운하는 평소처럼 덤덤한 얼굴이었다.

"무슨 말?"

"내 생각 중이었다는 거 말이야. 넌 나한테 신경 쓰지 않으려고 하잖아. 눈이 마주친 것 같다가도 금세 시선을 돌려 버리기도 하고. 그래서 네가 날 불편해하는 줄 알았어. 작년까진 우리 기록 차이가 크지 않았으니까."

주위 반응에 아무런 관심이 없는 줄 알았던 운하는 생각보다 훨씬 예민하고 정확하게 나를 꿰뚫어 보고 있었다. 운하에게 내

속마음을 간파당한 것 같아서 머쓱해졌다. 운하는 자신의 사물함을 열어서 비타민을 꺼내 삼켰다. 살짝 보인 운하의 가방 속에는 생활 수영 슈트 한 벌과 약통 여러 개가 들어 있었다. 저걸 저렇게 통째로 넣어서 들고 다니다니, 어디 가서 영양제 빼먹을 일은 없겠다. 수림이 운하보고 아프냐고 물어본 것도 납득이 갔다.

"널 불편해한 적은 없어. 신경 쓰기 싫어한다는 건 사실이지만. 넌 계속 나아가는데 뒤에서 그 모습을 지켜보는 기분이 좋을 리가 없잖아. 그래서 일부러 더 신경 쓰지 않는 척했던 거야."

수림부터 시작해서 한번 솔직하게 털어놓아 보니, 이젠 어딜 가서든 내 마음이 쉽게도 입 밖으로 튀어나왔다. 운하 앞에서 열등감을 드러내는 순간 비참해질 줄 알았는데 의외로 속이 시원했다. 이제 내가 1분대로 완주하는 선수라는 걸 받아들이게 되어서 그런 걸까.

"그럼 지금은? 신경 쓰지 않는 척하는 거 그만뒀어?"

운하가 금방이라도 화를 낼 듯한 어투로 물었다. 어떤 상황에서든 주변에는 관심이 없어 보이던 운하가 저런 표정을 짓는 건 처음 봤다.

"어어, 그냥, 뭐. 연습해도 안 되는 부분은 어느 정도 받아들이려는 거지. 그렇다고 포기한 건 아니고, 적당히 내 수준을 인정하는 거라고 해야 하나."

"네 수준을 인정한다고? 네 수준이 어느 정도인데?"

“1분 10초대……? 왜, 왜 그런 표정이야?”

“너, 다시 1분 미만으로 줄일 생각은 없는 거야?”

말도 안 되는 소리. 1분 미만으로 줄이고 싶은 마음이 가장 간절한 건 바로 나였다. 기가 차서 쏘아붙일까 싶었지만 좋게 넘어가자는 생각으로 장난스러운 척 말했다.

“당연히 있지. 근데 안 되는 걸 어떡해. 노력하지 않고도 너처럼 잘할 수 있으면 얼마나 좋을까. 몸이 마음처럼 움직여 주질 않으니까 힘들어 죽겠어.”

“어이가 없네.”

“뭐?”

“노력하지 않고도 잘한다고? 누군 타고나기만 해서 매번 순위권인 줄 알아? 나도 매일 죽도록 노력해서 내 자릴 지켜. 사람 열 받는 소리 하지 마.”

“누가 너 노력 안 했대? 그냥 해 본 소리잖아. 그게 그렇게 화낼 일이야?”

“어, 진짜 짜증 난다. 유일도 재수 없어 죽겠는데 너까지 이상하게 굴지 말고 기록 줄일 생각이나 해.”

유일이 재수 없다는 건 나도 동의하는 말이었다. 걘 개인 훈련도 거의 안 했으니까. 하지만 아무리 그래도 그렇지, 이렇게 쏘아붙일 건 없지 않나? 운하도 대회에 나간다고 훈련 시간을 늘리더니 애가 단단히 비뚤어졌다.

"내가 기록 줄일 생각이 없댔어? 말 한마디 가지고 엄청 뭐라 하네. 그렇게 훈수 두지 않아도 열심히 할 거니까 신경 꺼. 가만 보니 내가 널 신경 쓰는 것보다 네가 날 훨씬 신경 쓰고 있었네."

가만히 듣고 있을 내가 아니었다. 난 지지 않고 운하에게 쏘아붙인 후 먼저 훈련장으로 갔다. 운하는 내가 준비 운동을 하고 레인에 뛰어들 때가 되어서야 훈련장에 들어섰다. 나는 운하를 한번 힐끔 보았다. 운하는 내 쪽을 전혀 보지 않고 있었다.

'나야말로 어이가 없다, 흥.'

난 콧방귀를 뀌고는 내 몸의 움직임에 온 신경을 쏟았다. 아무리 성적이 나빠졌어도 레인을 허투루 돌 수는 없었다. 지난번처럼 튕겨 나왔다가는 큰일이기도 하고, 조금이라도 집중이 흐트러지면 물살에 쓸려 가기 십상이었다.

계속 연습하다 보니 어느새 훈련장에 사람이 늘었다. 큰 대회 전이라 그런가, 등교하지 않고 곧장 훈련장으로 온 애들이 제법 많았다. 각자 몸을 풀던 우리는 코치님이 온 뒤부터 다 같이 훈련 메뉴에 맞추어 움직였다. 오전은 맨몸 운동 후 짧은 휴식, 점심시간 전까지 자유 훈련이었다. 운하는 훈련 중간중간 몇 번이나 자리를 비웠다. 한번 의식하기 시작하니 운하가 왜 저렇게까지 약을 먹는 건지 신경 쓰이기 시작했다.

운하의 뒷모습을 바라보던 나는 대뜸 코치님에게 질문을 던졌다. 여전히 진화 촉진제가 눈앞에 아른거렸다.

"코치님, 비타민 중에 도핑 테스트에 걸리는 종류도 있을까요?"

"그게 갑자기 무슨 질문이야?"

"그냥요. 몸에 좋은 줄 알고 먹었는데 도핑이라고 걸리면 억울하잖아요. 혹시나 해서 여쭤보는 거죠."

"너네처럼 선수급으로 뛰는 애들은 성분부터 파악하고 먹어야지. 근데 비타민 정도로 도핑 걸리는 경우는 아직 못 봤다. 조심해서 나쁠 건 없지만."

"건강 보조제도요?"

"그래, 하지만 다들 억울한 일 겪긴 싫으니까 건강 보조제도 몇 번씩 확인하고 고르지. 왜, 약 지어 먹게?"

"아뇨, 전 아무리 성분 확인해도 불안해서요. ……그럼, 음, 진화 촉진제 같은 건요? 찾아보니까 그런 걸로 걸린 선수는 없는 것 같던데."

나는 자연스레 떠오른 척 촉진제 얘기를 꺼냈다. 코치님이 나한테 금방이라도 '너 진화 촉진제 가지고 있냐?' 하고 물어볼까 봐 가슴이 벌렁거렸다.

"웬 진화 촉진제? 그걸로 도핑 걸리는 건 못 본 것 같네. 금지 성분이 들진 않았던 것 같다만……. 애초에 촉진제는 일반인이 아무리 먹어도 별 효과가 없지. 본인 신체가 아니라 태아의 진화를 유도하는 거잖아. 유일이 동생처럼 당장 진화 특성이 부족해서 다른 약이랑 섞어 먹는 경우라면 몰라도."

코치님이 유이가 요즘 먹는 약까지 알고 있을 줄은 몰랐다. 오랫동안 같이 지냈더니 코치님도 우리에 대해 속속들이 알았다. 선수로서의 기량이나 장단점뿐만이 아니라 평소 습관, 성적 문제, 진로 고민, 가족이나 친구에 대한 것까지도. 코치님은 나를 뚫어져라 바라보더니 의심스럽다는 듯 물었다.

"너, 진짜로 이상한 생각 하는 거 아니지?"

"진짜 아니라니까요. 제 성격 아시잖아요."

"그래, 잘 알지. 거짓말했다 걸리느니 아무런 말도 안 하는 타입인 거. 그래도 조심해라. 사람이 자신을 지나치게 몰아붙이다 보면 뭐가 옳고 그른지 구분하기 어려워져."

"전 별로 몰아붙인 적 없어요."

"말이나 못 하면. 싱거운 소리 그만하고 가서 밥 먹어."

"네에."

점심 식사 후 오후 훈련에서는 각자 기록을 줄이기 위해 집중적으로 개인 훈련 메뉴를 소화했다. 나는 레인을 한 바퀴 도는 데 총 30번의 스트로크를 했다. 심해수영부에서 가장 빠른 운하의 스트로크 횟수는 20번, 유일은 22번이었다. 나는 팔을 딱 한 번 덜 돌리는 걸 목표로 두었다.

오후 훈련이 끝나 갈 즈음, 학교 수업을 마치고 온 우주가 관객석에 앉았다. 우주의 모습이 보이자 스토커 안드로이드 디디는 자리에서 일어나 구석으로 이동했다. 꿋꿋하게 눈에 띄는 곳에서

서성거리는 꼴이 보기 싫었다.

나는 끝까지 디디를 무시할 생각이었다. 괘씸한 안드로이드 따위 내가 상대해 줄 이유는 없었다. 그런데 디디와 절대 대화하지 않겠다던 다짐은 생각보다 빨리 무너졌다. 바로 우주가 꺼낸 애기 때문이었다. 훈련을 마치고 저녁을 사 먹으러 가면서 우주는 경찰서에서 있었던 일을 나에게 전부 들려주었다.

"어이가 없어. 혜도 개, 스토킹으로는 고소하기 어렵대."

"뭐? 왜?"

"혜도 하이퍼 로그에 날 스토킹한 기록이 하나도 없어. 심지어 네 애기를 올리던 스레드 계정도 본인 하이퍼폰으로는 로그인조차 안 했더라. 분명 개가 한 짓이 맞는데, 그걸 증명할 게 한 가지도 없어. 어떻게 그러지?"

나는 디디를 힐끔 돌아보았다. 우주가 말하는 증거가 디디에게 있을 거라는 생각이 문득 들었기 때문이다.

"심지어 유이 약 훔쳤다는 증거도 전혀 못 찾았어. 학교에 치안 프로그램이 없는 것도 아니고, 촉진제 도둑질이 안 걸렸다는 게 말이 돼? 딱 봐도 개가 범인이잖아."

우주가 투덜거렸다. 나는 잠시 내가 우주의 말을 제대로 들은 게 맞는지 귀를 의심했다.

"유이 약을 도둑맞았다고?"

"그래, 그래서 지금 혜도가 유이 약 훔친 거라고 우리가 경찰서까지 가서 증언하고…… 으아악, 깜짝이야!"

건방진 안드로이드 디디가 우리의 사이에 고개를 불쑥 들이밀
었다. 우주가 놀라 소리치며 물을 잔뜩 먹었다.

"혜도는 약을 훔치지 않았어요. 스토킹에 대한 건 벌을 받아 마
땅하지만 약에 대한 건 절대 아니에요. 믿어 주세요."

"모파, 안드로이드는 관심 없다고 하지 않았어?"

"내 거 아니고 혜도 거야. 나보고 자길 도와 달래."

"뭐어? 무슨 도움?"

"억울하다는 것 같은데, 뭔 얘기하는지 안 들어 봤어."

우리가 앞에서 대놓고 수군거리는데도 디디는 개의치 않았다.
아마 욕을 해도 아무렇지 않을 것이다. 사람의 모습을 하고 있을
뿐 디디에게는 불쾌감을 느끼는 시스템이 없으니까. 그래도 어쩐
지 살아 움직이는 것 같은 얼굴을 하고 나를 빤히 쳐다보고 있으
니 마음을 콕콕 찌르는 느낌이 들었다. 아무리 안드로이드가 사
람이 아니라고 해도 모습이 사람 같으니까 완전히 무시하기가 어
려웠다.

"전에 큰마음 먹고 샀다는 게 안드로이드였나?"

우주가 디디를 보며 중얼거렸다. 뭔가 떠오른 기색이었다.

"뭐 아는 거 있어?"

"아, 대단한 건 아니고. 하이퍼 통신 하면서 혜도가 부모님 졸라
서 겨우 산 게 있다고 자랑한 적 있거든. 그때는 명품 옷이라도 산

줄 알았는데. 일련번호 보니까 이 안드로이드 출고 시기랑 그 얘
기 들었던 때랑 대략 맞는 것 같아서."

"스레드 접속을 안드로이드로 우회했으면 로그인 기록이 안 남
은 게 납득이 되긴 해."

"일 어렵게 만드는 재주가 있네. 얘가 무슨 말을 하려는 건지 들
어는 보자."

우리가 용건을 묻자 디디는 서둘러 상황을 설명했다. 나에게는
그 모습이 어딘가 다급하고 간절해 보였다.

디디의 얘기는 이랬다. 경찰서에서 조사를 받던 중 혜도가 학생
인 척 학교에 숨어 들어온 적 있다는 사실이 드러났다. 하필 혜도
가 학교에 왔던 날짜에 신고 접수가 되어 있었는데, 신고자가 바
로 유이였다.

"그러네. 전에 유이가 진화 촉진제를 도둑맞았다고 신고하러
다녀온 적 있었지. 그때 학교에 나오는 애들은 몇 없는데 누가 그
걸 훔쳐 가겠냐고 넘어갔잖아."

"촉진제 관리 미흡으로 처방받기 어려워지면 곤란하니까 그냥
신고라도 해 두는 거라고 얘기하더라. 임신부가 아닌 사람은 촉
진제를 처방받기 까다로워서 한 번이라도 분실 기록이 남으면 다
음 처방 때 불리할 수도 있대."

우주가 설명했다. 그렇지 않아도 스토킹 건으로 문제가 되던 혜
도는 진화 촉진제 도난 사건 용의자로도 지목되었다. 디디는 혜

도에게서 절도 혐의를 벗겨 주고 싶어 했다.

"혜도를 스토킹으로 신고하기 어렵다고 하지 않았어? 근데 도난 사건 용의자로는 지목이 됐다고?"

"학교에 몰래 숨어 들어온 건 확실한데 그날 모파 널 찾아가지도 않았고 교실만 드나들었다는 것 같아. 그래서 오히려 스토킹 증거보다 도난 증거로 간주되고 있나 봐."

"허, 내가 봐도 수상하긴 하다. 우리 학교 학생도 아닌 애가 몰래 들어온 날에 하필 유이 약이 사라진 거잖아."

우주에게 대답한 나는 디디를 돌아보며 물었다.

"그래서 혜도가 도둑질을 한 건 아니란 걸 밝히고 싶다고? 우리가 그걸 도와줘야 하는 이유는 뭔데?"

"모파의 뒤를 따라다닌 건 저예요. 그러니까 혜도가 제게 한 명령 기록과 제 메모리에 남은 사진, 이동 로그를 제출한다면 스토킹 정황에 대한 증거가 확실해질 거예요."

내가 디디의 팔을 확 붙들려고 했지만 디디는 나보다 더 빠른 속도로 거리를 벌렸다.

"부탁합니다. 혜도가 촉진제 도둑이 아니라는 증거를 찾아 주세요. 그러면 저는 스토킹 증거를 모두 경찰에 제출할게요."

이상한 요구였다. 혜도를 보호하고 싶어 하면서 그가 스토커라는 증거를 내놓겠다니. 우리에게 확신을 주고 싶었는지 디디는 홀로그램을 띄워 자신의 내부에 있는 데이터를 쭉 보여 주었다.

혜도가 내린 명령 로그부터 시작해 스레드 로그인 기록, 스레드
엔 올라오지 않았던 내 사진도 여러 장 있었다. 그걸 보니 또 숨이
막혔다.

무슨 꿍꿍이인지 알 수 없어 쉬이 대답하지 못하던 나는, 디디
가 안드로이드라는 사실을 상기했다. 사람이 시키지 않는 이상
안드로이드는 본인의 의지로 거짓말을 하지 않았다. 절대 그럴
수가 없게 만들어졌다. 디디가 독립적인 의식을 가지고 움직인다
는 생각을 해서는 안 된다. 그러니까 그가 하는 행동은 누군가의
명령을 받은 결과라고 봐야 했다.

"지금 하는 말은 혜도가 미리 시켜 놓은 거야?"

"아뇨, 자녀 보호 프로그램에 따라서 제가 혜도에게 필요하다
고 판단한 결과입니다."

"스토킹 증거를 왜 경찰에 제출하려고 하는데?"

"그것이 옳은 선택이고, 제가 받은 최초의 명령에 부합하는 행
동이니까요."

"네가 최초로 받은 명령이 뭐길래?"

"'혜도에게 좋은 친구가 되어 줘.'"

그렇게 말하면서 디디는 웃었다. 얼핏 다정하고 상냥해 보이는
미소였다.

고산에서 심해까지 : 수림의 기록

"그래도 이렇게 먼 심해까지 온 거, 대단하다고 생각해. 무섭진 않았어?"

"무서울 게 있나? 잠수복도 있고 비상용 산소 장치도 있잖아. 너무 인적 드문 데만 가지 않는다면 위험할 일 없어."

"숨 쉬는 문제 아니어도 말이야. 나는 먼 곳에 여행 가는 건 별로 좋아하지 않거든. 생활 방식이 달라지는 것도 그렇고, 모든 길과 사람이 낯선 것도 그렇고."

"음, 그런가?"

우주의 말을 듣고 수림은 습관적으로 뺨을 긁으려다 잠수복 헬멧에 가로막혔다. 다른 사람들이 생각하는 것처럼 수림에게 대단한 마음가짐이나 각오가 있어서 청운시까지 내려온 건 아니었다.

마침 과수원 일이 자신과 맞지 않는다고 생각하던 참이었다. 다

른 걸 하면 지금보다는 나을 것 같은 기분. 어쩐지 더 나은 일, 자
신과 꼭 들어맞는 자리가 있을 것만 같은 기분이 끊임없이 수림
을 쫓아다녔다.

잘 모르는 분야에 기세 좋게 뛰어들 줄 안다는 게 자신의 큰 장
점이라는 건 수림도 잘 알았다. 하지만 한순간에 타오른 열정은
그만큼 빠르게 사그라들곤 했다. 남들은 자기 일에 만족하면서
사는데, 왜 수림의 마음은 한구석이 채워지지 않은 채로 떠도는
것만 같을까. 매일 해도 질리지 않고, 인생을 바쳐도 아깝지 않을
만한 일은 정말로 없는 걸까.

차라리 연애를 하라는 말도 들어 본 적 있지만 수림이 원하는
건 그게 아니었다. 수림은 안정감이나 의지할 곳을 찾는 게 아니
라 자기 자신과 인생이 더 나아지길 바랐다. 그 바람이 정말로 수
림 자신에게서 나온 것인지, 언젠가 본 영화나 소설에 나왔던 것
인지는 잘 구분되지 않았다. 어쨌든 꿈이 있으면 멋지지 않나. 남
들이 으레 그런 것처럼 수림도 의미 있는 삶을 원했다. 그 의미가
무엇인지는 몰라도.

수림이 나고 자란 동네에서는 학교를 졸업한 뒤에 농업에 종사
하거나 동네 상가에서 일하는 게 당연한 분위기였다. 대부분 고
등학생 때 하는 아르바이트가 평생 직업이 되는 편이었다. 친구
들이 많아야 한 번 정도 일자리를 옮기는 동안 수림은 여러 직업
사이를 떠돌았다. 해 보고 싶은 것이 아예 없다거나, 흥미를 갖지

못하는 건 아니었다. 오히려 시도하는 게 너무 많아서 문제였다.

한번은 커피를 내리는 일이 좋아 보여서 카페 아르바이트를 시작했는데, 카페 운영을 하려면 커피만 배워서는 안 된다는 걸 깨달았다. 수림은 커피가 좋은 것이지 가게를 꾸려 나가고 싶은 게 아니었다.

또 한번은 아이스 클라이밍을 배우러 간 적이 있었다. 수림은 운동 신경이 좋은 편이고, 요즘 아이스 클라이밍이 인기 종목이니까 시도나 해 보자는 생각이었다. 하지만 힘겹게 꼭대기를 찍은 뒤 한순간 내려와야 한다는 점이 허무하게 느껴졌다.

가죽 공방에서는 덜렁거리다가 비싼 가죽을 상하게 해서 쫓겨났고, 기술을 배워 보려고 아는 사람 하나 없는 산 아랫마을의 조선소에 갔다가 잔심부름만 잔뜩 하고 나온 적도 있었다.

결국 뭐라도 꾸준히 하라는 부모님 닦달에 못 이겨서 한동안 배추밭 아르바이트를 했다. 배추밭에서는 상쾌한 공기를 마시며 일할 거라 기대했는데 비료와 농약 뿌리는 기간이 수확 기간보다 길었다.

'머리로만 생각하는 거랑 실제 세상은 정말 다르네. 너무할 정도로.'

원래 과수원에서 일할 생각은 조금도 없었다. 하던 일만 마친 뒤 그만두겠다고 말하려 했는데, 연말 배추 수확이 끝난 그날 배추밭 사장님이 다른 일도 배워 보라며 곧장 수림을 사과밭 사장님에게 인계해 버렸다.

"저, 저 사실은 이제 그만……."

"학생이 수림 학생이지? 배추밭 일을 그렇게 잘 도와줬다며? 안 그래도 요즘 우리 과수원 일손이 부족해서 힘들었거든. 하루에 두세 시간씩이라도 와서 거들어 주면 정말 고마울 것 같네. 당연히 일한 값은 잘 챙겨 줄게."

수림은 얼떨결에 사과밭 사장님과 악수하고 말았다. 사과밭 사장님이 너무 친절했고, 시급도 웬만한 밭보다 훨씬 많이 쳐줬다. 그만큼 일이 힘들다는 거겠지만 같은 시간에 돈을 더 벌어서 나쁠 건 없었다.

"……네! 저도 잘 부탁드립니다!"

다섯 번째 여름을 지나 짧은 봄, 그리고 첫 번째 여름까지만. 딱 그때까지만 일하는 거다. 그 뒤에는 미안해하지 말고 떠나는 거다. 수림은 어쩔 수 없이 몇 달만 과수원에 다니기로 했다. 일 년 중 가장 뜨겁게 타오르는 세 번째 여름의 땡볕을 온몸으로 받으며 일하는 건 수림도 사절이었으니, 그전에 반드시 그만둘 생각이었다.

그 뒤로 수림은 여섯 달 정도 꾸준히 사과밭에 가서 일손을 거들었다. 수림은 본인의 의지로 일을 했다고 주장하고 싶었지만, 지루해져서 도망치고 싶은 순간이 올 때마다 사과밭 사장님이 맛있는 걸 챙겨 주어서 차마 그만두지 못한 것에 가까웠다. 사과밭 사장님이 만든 사과파이는 수림이 자다가도 일어나서 먹을 만큼 맛있었다.

'결국 나도 이 동네에서 할 수 있는 일을 하며 사는 수밖에 없는 건가? 배추나 사과를 키우면서?'

많은 걸 해 봤지만 아무래도 이 근처, 적어도 수림이 직접 갈 수 있는 범위 안에는 수림에게 딱 들어맞는 일이 없는 것 같았다. 시대를 잘못 타고난 인재라는 말도 있지 않나. 사실 수림은 돌을 잘 가는 능력이 있거나 마부 일에 재능이 있을지도 몰랐다. 지금은 사라지고 없는 직업이 적성에 맞을 수도 있는 거 아닌가. 아니면 수림이 아직 둘러보지 못한 곳에 답이 있는 걸지도 몰랐다. 산 중턱보다 먼 곳, 바닷가 마을보다 먼 곳에.

정말 우주선 청소부 자리에라도 지원해야 하나 고민하던 수림의 눈앞에 교환 학생 프로그램 홍보 전단이 나타난 건 운명 같은 일이었다. 우주만큼이나 낯설고, 멀고, 알 수 없는 곳이라면 수림이 지금껏 겪어 본 적 없는 분야가 많을 것이다. 수림은 배추밭과 사과밭에서 받은 수당을 모두 심해 학교 교환 학생 프로그램에 지원하는 데 사용하기로 했다. 그렇게 해도 필요한 금액의 3할 정도가 부족했다.

"제발! 마지막으로 한 번만요! 이번엔 진짜라니까요?"

"너 그 얘기 몇 번째인지 알아? 이제 모아 둔 돈도 없어."

"다음 달에 만기되는 적금 있잖아요. 정말 마지막. 응? 네? 응?"

"네가 그건 어떻게…… 아니, 네 부모를 잡아먹어라, 아주. 그게 네 돈이야?"

"그야 아빠가 적금 들 때마다 말해 주니까 알죠. 제가 커서 다 갚는다니까요? 성공해서 한 방에 갚을지 누가 알아요."

"……똑같은 말로 지치게 만들어서 허락받는 게 네 작전이냐."

"솔직히 아니라고 하기는 어렵죠."

"이자까지 쳐서 받을 줄 알아."

"에이, 이자는 빼 주시지."

장장 일주일간 떼를 쓴 끝에 수림은 부모님의 허락을 받아 냈다. 부모님이 그동안 수림의 부탁을 거절한 이유는 다양했다. 수림이 또 잠깐의 흥미를 좇다가 금세 그만둘 거라 생각해서, 진로를 찾아서 굳이 심해까지 갈 필요는 없으니까, 혹은 심해가 위험하기 때문에. 초지시도 아니고, 청운시까지 가겠다는 수림을 부모님은 이해하지 못했다. 아빠가 최후의 거절 사유로 돈 이야기를 꺼냈지만 이미 교환 학생 프로그램에 꽂힌 수림에게 아빠의 금전 문제 따위가 제대로 들릴 리 없었다.

대신 조건이 있었다. 심해에 다녀오고 나면 여러 분야를 떠도는 건 그만두고 한 가지에 일 년 이상 정착하기로 약속해야 했다. 일 년 정도 다니면 마음잡겠지, 하는 생각으로 내건 조건이 분명했다.

"당연하죠! 심해까지 가서 놀기만 하겠어요? 걱정 마세요."

수림은 잔뜩 들떠서 장담했다. 물론 수림의 자신감에 아무런 근거가 없는 건 아니었다. 수림은 원래도 나름대로 심해에 관심이 있었고, 자신이 심해종에 대해서 아는 것이 많다고 생각했다.

주변의 친구들을 비롯해 바다와 떨어진 곳에 사는 고산종 대부분은 심해종에 대해 관심을 가지지도 않았고 존재를 의식하지도 않았다. 반면 수림은 다른 지역 도서관까지 찾아가서 심해종에 대해 제법 알아본 적 있으니까 이 정도면 전문가 수준 아닌가.

흥미는 아주 짧은 영상에서부터 시작되었다. 수림이 배추밭에서 사과밭으로 넘어간 지 한 달이 채 되지 않았을 무렵, 일주일에 한 번씩 사과밭에 물을 끌어다 주는 물장수 목원이 신기한 걸 보여 주겠다며 태블릿을 꺼냈다.

"지난주에 다른 산 조선소에 놀러 갔다가 심해종 배달원을 만났거든? 큰 산이라 조선소도 크고 배달원도 엄청 많더만. 심해종 직원도 제법 있는 것 같고."

"신기하다. 물 근처는 다르긴 한가 봐."

"그렇지? 근데 그 사람이 나한테 이런 걸 보여 줬어. 심해에서 하는 스포츠인데 요즘 인기가 많다고. 너한테도 보여 주고 싶어서 내가 친히 얻어 왔다는 거 아니겠냐."

태블릿에 재생된 건 푸른 물속에서 촬영한 동영상이었다. 한 방향으로 회전하는 소용돌이 안으로 온몸에 비늘과 지느러미가 돋아난 심해종 사람들이 뛰어들었다. 가장 아래쪽에서 시작해서 거친 물살을 거슬러, 원을 그리며 한 바퀴를 돌아 나오는 모습이었다. 화질이 좋지 않아서 선수들의 얼굴이나 세세한 모습까지 보이진 않았지만 그들의 힘찬 움직임만큼은 확실하게 느낄 수 있었다.

휘몰아치는 물살을 역방향으로 거슬러 올라간다니, 레인을 다 돌고 나옴으로써 완벽한 원형을 그릴 수 있다니. 수림은 열정적으로 물살을 가르는 선수들의 모습을 더 많이 보고 싶어졌다.

"이건 해원시에서 온 거라 화질이 별로 좋지 않아. 그나마 지상에서는 초지시 영상 정도나 전송받을 만한 것 같아. 업체 끼고 진행해도 화질 저하는 어쩔 수 없대. 뭐, 그렇게까지 해서 심해 영상을 구할 사람이 누가 있나 싶긴 한데."

"그거 돈 주면 구할 수는 있는 거야? 어디서?"

"뭐? 너 이거 방금 알았잖아. 근데 영상을 사서 보게?"

"응, 지금부터 좀 좋아해 보려고. 경기 보고 나니까 계속 두근거려! 이미 좋아하게 된 건지도 모르지."

"허어, 내가 괜한 짓을 한 거 아닌가 싶다. 너희 부모님한테는 절대 내가 알려 줬다고 하지 마라."

물속과 산 위의 통신 기술은 오랜 세월 동안 다른 방식으로 발달했다. 양쪽의 통신망을 연결하려면 중간에서 데이터를 변환해 주는 기술이 필요한데, 지금은 그걸 위해 투자하는 산이나 기업이 없었다. 우주 사업에는 그렇게나 돈을 쓰면서 정작 곁에 있는 심해 도시와의 소통에는 투자하지 않는다니 수림으로서는 이해가 안 됐다.

수림은 종종 심해수영 경기 영상을 구해다 여러 번 돌려 보았다. 가끔은 목원과 함께 보면서 경기에 대해 이야기를 나누기도 했다.

"얘기 들어 보니까 이 선수들은 느린 편이래. 청운시에 가면 선수들 수준부터가 달라진다더라. 진화도 훨씬 많이 했고."

"직접 보면 차원이 다르겠지? 아, 기대돼!"

"뭐가 기대된다는 건데?"

"내가 그 얘기를 안 했구나. 나 사과밭 일 이번 주까지만 하게 됐어."

"엉? 또 새로운 일에 꽂힌 거야?"

"일은 아니고, 교환 학생으로 가거든. 청운시의 고등학교에."

"뭐어? 그건…… 완전히 예상 밖인데. 교환 학생을 무슨 청운시까지 가? 안전은 확실하대?"

"그럼, 산 사업으로 진행하는 건데 안전하겠지."

"어휴, 넌 정말 겁도 없다. 어쨌든 잘 다녀와라. 영상 꼭 찍어 오고. 그 깊은 곳까지 직접 가서 촬영해 오는 고산종이 얼마나 되겠냐."

수림은 큰 기대를 안고 심해로 내려왔다. 잠수정을 타고 아래로, 아래로, 아래로.

심해는 놀랍고 새로운 것이 넘쳤다. 마냥 시커멓기만 할 줄 알았는데 사람이 모여 사는 도시는 제법 밝은 편이었다. 여기라면 정말로 수림이 질리지 않고 할 일을 찾을 수도 있을 것만 같았다.

'여기에서 찾아 버리면 곤란하려나? 평생 잠수복을 입고 살 것도 아닌데.'

생각보다 심해의 생활 환경은 수림에게 호의적이지 않았다. 물속에서 숨을 쉴 수 없다는 건 일상생활은 물론 생존 자체가 힘겹다는 의미이고, 다른 곳도 아닌 청운시에서 이건 치명적이었다. 기본적인 수영도 마찬가지. 수림은 어떤 활동을 하든지 잠수복과 단수 구역에 의지해야만 했다.

예상은 했지만 잠수복 안에 머무르며 헬멧 너머의 세상을 바라보기만 하는 건 피부로 직접 느끼는 것과는 달랐다. 그렇다고 해서 경이로운 광경들이 사라지는 것은 아니지만, 가끔 아쉬운 마음이 드는 건 사실이었다.

같이 교환 학생 프로그램에 참여한 애들도 수림과 비슷한 심정인 것 같았다. 막상 심해에 와 보니 물속에 있는 게 무서워졌다거나 심해종의 생김새가 껄끄러워서 바깥에 돌아다니기 싫다고 하는 경우도 제법 있었다. 그런 애들은 체험 학습도 전부 빠지고 학교만 겨우 오가면서 교환 학생 기간이 끝나기만을 손꼽아 기다렸다. 수림은 그래도 자신 정도면 잘 적응하는 중이라고 생각했다.

모든 게 모파 덕분이었다.

수림은 처음부터 모파가 마음에 들었다. 바다를 그대로 담아 놓은 것 같은 두 눈, 경계하는 표정을 하고도 주춤주춤 다가오던 모습. 수림은 볼 것도 없는 청운 타워에 힘들게 다녀온 걸 후회하지 않았다. 모파를 만났으니까.

처음 만난 또래가 심해수영 선수라니. 게다가 세윤고 학생이고, 버디 신청까지 했다니! 이건 모파와 친하게 지내라는 하늘의 계시가 분명하다. 오리엔테이션에 나온 모파를 보고 수림은 펄쩍 뛰어오를 뻔했다. 물속만 아니었다면 말이다. 수림은 부담스러워하는 모파의 표정을 알아채지 못한 척 모파에게 마구 친한 체를 했다.

"어! 우리 저번에 만난 적 있지? 와, 여기서 또 보게 될 줄은 몰랐는데. 진짜 반갑다!"

등과 팔에 빼곡하게 돋아난 비늘, 강하게 물을 가르고 밀어내는 지느러미. 멋있기만 한 줄 알았는데 당황할 때마다 아가미를 뻐끔거리는, 귀여운 습관도 있었다. 이런 말은 모파 본인에게 하면 정말로 거리를 두게 될 테니 꾹 삼켰다.

모파의 가족이 수림에게 호의적이고, 모파의 친구들도 수림을 곧잘 무리에 끼워 준 덕분에 수림은 청운시를 그 어떤 교환 학생보다 알차게 둘러볼 수 있었다.

모든 홈스테이 가정이 성심성의껏 고산종 학생을 대하는 건 아니었다. 주말에 교환 학생을 데리고 외출해 달라는 학교 측의 요청은 말 그대로 요청일 뿐, 주말마다 아무 쇼핑몰에 데려다 놓고 방치하는 집이 있는가 하면 외출할 때 기본적인 단수 시설이 있는 장소인지조차 확인하지 않는 집도 허다했다. 심한 경우는 첫날 이후로 버디와 만나 본 적 없다는 말까지 나왔다.

비교하기는 미안하지만 수림은 운이 좋은 게 확실히 맞았다. 버디인 모파가 바쁘더라도 모파의 친구 우주가 수림을 챙겼고 학교의 이곳저곳을 소개해 주기도 했다. 사실 모파보다 우주가 버디 같다는 생각이 들 때도 있었다. 그런데 우주가 수림을 스토커로 오해하고 있었다니, 아무리 낙관적인 편인 수림이라도 이번 일은 충격이었다.

'난 우리가 가까워졌다고 생각했는데. 믿을 수 있는 친구가 됐다고 생각했는데! 배신이야! 우주 너무해! 미워! 아니, 밉지는 않아. 그래도 너무해!'

수림의 속도에 맞춰서 나란히 헤엄치던 우주가 수림을 힐끔 살펴보았다. 오늘도 수림은 우주와 둘이서 등교했다. 등하교 시간에 모파가 없어도 수림과 우주가 함께 학교에 가는 게 어느새 암묵적인 약속이 되어 있었다. 학교에 함께 오가면서 둘 사이에는 많은 대화가 쌓였다.

"미안해, 수림. 함부로 의심한 거."

"……아니야, 뭐, 너도 많이 힘들었을 텐데. 그런 상황이면 나라도 예민해졌을 거야."

겉으로는 의연한 척 말했지만 수림은 속으로 우는소리를 냈다. 으흐흑, 하고. 섬세한 우주는 그대로 상황을 넘기지 않고 자신의 마음을 차근차근 들려주었다. 수림은 우주의 그런 면이 참 좋았다.

"정말로 미안해. 괜히 너를 의심하는 게 아닐까 생각한 적이 없는 건 아니야. 어쩌면 네가 혜도일 거라고 믿고 싶었던 것 같아. 아주 먼 곳에서 온 네가 혜도인 편이 차라리 나을지도 모르니까."

수림이 보기에도 우주의 의심이 아주 터무니없지는 않았다. 수림에게 따져 물을 때 우주는 논리적이고 날카롭게 파고들었다. 너를 혜도로 의심할 만한 정황은 충분하지 않느냐고.

수림도 자신이 심해종이었다면 우주의 편을 들었을지도 모른다고 생각했다. 우주의 말만 듣고서 낯선 고산종에게 음험한 속내가 있을 거라고 섣불리 판단했겠지. 멀리서 온 고산종은 심해종과는 가치관이 다를 수도 있으니까. 생긴 것도 낯설고 말하는 것도, 가끔은 생각하는 것도 특이하니까.

수림은 고산종과 심해종 사이에서 일어난 폭력 사태에 대해 상세하게 추적하는 내용의 다큐멘터리를 본 적이 있었다. 먼저 공격한 사람이 인터뷰에서 이렇게 답했다.

—다치게 하려는 건 아니었어요. 그냥, 괴물이라도 튀어나온 줄 알고. 저 진짜로 일부러 사람 공격하고 그러려던 거 아니에요.

사람에게 괴물인 줄 알았다니 말을 함부로 한다는 생각이 들었다. 실제로 그 영상의 댓글 창에는 경솔하다거나 무례하다는 의견이 상당히 많이 달려 있었다.

상대가 자신과 다르게 생겼다고 해서 함부로 낯선 취급을 해서는 안 된다는 건 어릴 때부터 듣고 배우던 내용이었다. 하지만 그걸 실천하면서 사는 사람은 드물었다. 아는 것과 실제로 겪는 것은 다른 일이었다.

심해에서 몇 주를 지냈는데도 수림은 가끔 심해종의 모습이 낯설었다. 아무렇지 않다가도 무의식적으로 특이하게 생겼다거나 신기하다는 생각을 하게 됐다. 저도 모르게 눈으로 그들을 좇았다. 교환 학생 기간의 대부분이 지난 지금에야 수림은 심해종의 눈꺼풀이 오랜 시간 감기지 않아도, 아가미 안쪽이 훤히 들여다보여도 대수롭지 않게 넘어가게 되었다. 유심히 관찰하는 것이 아니라.

수림이 심해종에게 적응한 것처럼 심해종 사람들도 수림을 낯설지 않게 대해 줬으면 좋겠는데, 그러려면 아직은 시간이 더 많이 필요한 것 같았다.

낯설어하지 않기 위해서는 익숙해지는 수밖에 없다. 그건 책을 많이 읽거나 말을 많이 듣는다고 해서 되는 게 아니라 직접 부딪히고 함께해야만 가능한 일이었다.

‘문제는 누가 심해까지 와서 적응하려 하겠냐는 거지. 역시 통신망이 연결되면 좋을 텐데.’

세상에는 수림의 생각과 다른 것이 너무나 많아서 수림은 새로운 일에 뛰어들 때마다 이상과 현실이 다르다는 걸 깨닫고 물러나곤 했다.

그래도 수림이 생각하던 바와 일치하는 것도 있었다. 바로 심해수영이 보는 사람의 가슴을 마구 뛰게 만든다는 것.

“수림, 오늘은 내가 학교 끝나고 바로 경찰서에 가야 해서. 혼자 하교해야 할 것 같은데 괜찮겠어?”

“당연히 괜찮지. 훈련장 구경하러 갔다가 모파랑 같이 집에 가지, 뭐.”

“응, 모파 영상은 오늘까지만 부탁해.”

“오늘까지만이라니? 앞으로도 찍을 생각이었는데.”

“어어, 내 자리를 빼앗기게 생긴 것 같네.”

“긴장하라고. 후후.”

수림은 모파와 우주가 화해한 뒤에도 모파의 훈련 영상을 계속 찍어 주었다. 수림이 예상했던 것보다 훨씬 크고 거친 레인. 저화질의 영상에는 담기지 않던 위압감이 훈련장 한가운데서 맹렬하게 돌아가고 있었다.

수림은 홀로 관객석에 앉아 카메라를 켰다. 처음에는 심해수영 자체에만 흥미를 가졌을 뿐이던 수림도 어느새 모파가 1분의 벽을 넘을 수 있기를 응원하게 됐다. 그만큼 모파는 간절해 보였고, 수림이 본 사람 중 가장 열심이었다. 가끔은 과하다는 생각이 들 정도로.

훈련장 가장자리에서 몸을 풀던 모파가 출발대로 가서 자세를 잡았다. 수림은 카메라를 고정해 두고 모파의 움직임을 눈으로 좇았다. 이런 건 화면이 아니라 자신의 눈으로 직접 보고 싶었다.

한 방향으로, 균일한 형태를 유지하며 몰아치는 물살은 지상에서 본 적 없는 것이었고 차라리 우주에나 있을 법한 모양새였다. 수림으로서는 가늠을 수도 없을 만큼 강력한 힘이 작용하는 원형 레인의 안쪽으로, 모파가 망설임 없이 뛰어들었다.

매끄럽게 원형 레인의 하단을 파고든 모파가 상승 구간으로 진입했다. 모파의 빳빳한 머리카락이, 튼튼한 지느러미가 물살을 타고 뒤로 젖혀졌다. 모파가 힘 있게 팔을 돌릴 때마다 절대 길을 터주지 않을 것 같던 레인의 물살이 갈라졌고 발을 구를 때마다 모파의 몸이 앞으로 나아갔다. 관객석에 앉은 수림에게도 레인 안의 속도감이 전해지는 듯한 기분이 들었다. 수림은 홀린 듯이 모파를 바라보았다.

모파의 피부에 닿는 물방울 하나하나가, 억세게 잡아당기는 물살이, 그럼에도 목표를 향해 자신의 몸을 쏘아 보내는 힘이 수림에게도 느껴졌다. 저 안의 풍경은 어떨까. 앞이 보일까, 보이지 않을까. 물살을 이겨 내려면 어느 정도의 힘으로 팔을 저어야 할까.

물의 틈새는 어떻게 찾아낼까. 물을 밀어내는 감각은 어떨까. 아가미로 통과하는 물의 느낌이 레인 바깥과는 다를까? 온몸의 모양새는, 시선의 방향은, 호흡의 박자는 어떻게 해야 할까. 직접 겪어 볼 수 없어 아쉽기만 할 뿐이었다.

모파를 지켜보며 수림은 심해수영부의 다른 선수들에 대해서도 더 알아 가게 되었다. 큰 대회의 순위권에 드는 일에는 타고난 신체적 조건이 중요하다고 하지만, 그렇다고 해서 선택받은 사람만 심해수영을 할 수 있는 건 아니었다. 주변에 관심이 없는 모파보다도 훈련장을 몇 주간 꼬박꼬박 드나든 수림이 오히려 다른 선수들에 대해 잘 알 거라고, 수림은 감히 자신할 수 있었다.

'저 선수 오늘도 발차기 연습하네. 오, 지난주보다 훨씬 힘 있어 보여.'

훈련장에 있는 선수들은 다채롭게 빛났다. 수림은 한 가지에 몰두할 수 있는 그들이 부러웠다. 심해수영을 전혀 모른 채로 살아온 세월이 아깝기까지 했다. 역시 세상의 모두가 할 수 있는 일만을 하면서 살지는 않는구나. 하고 싶은 일을 하기 위해 노력하는 사람들이 있구나. 바다 깊은 곳에서도 이렇게.

수림은 심해수영 훈련을 앞으로 몇 번이나 더 볼 수 있을지 가늠해 보았다. 생각보다 기회가 많을 것 같진 않았다. 뭐든지 금세 질리곤 하던 수림이 7주간의 교환 학생 기간을 짧다고 느끼게 되다니, 이건 확실히 드문 일이었다.

기어코 훈련 메뉴보다 레인 두 바퀴를 더 돌고 나온 모파가 수림의 곁으로 다가왔다. 모파의 몸에 여전히 레인의 힘이 남아 있기라도 한 걸까. 수림의 몸이 가벼이 흔들리는 듯했다.

모파는 속이 안 좋은 듯 찡그리고 있었다. 꼭 저렇게 무리해 놓고 이 정도는 괜찮다고 하니, 수림도 무어라 더 할 말이 없었다.

"모파, 오늘 되게 잘하던데?"

"기록은 비슷하게 나왔어. 그래도 컨디션이 나쁘지 않아."

이전 같았으면 실없는 소리 말라고 했을 모파가 이제는 자기 상태까지 말해 줬다. 장족의 발전이라고 수림은 속으로 감상을 남겼다. 수림은 모파와 함께 훈련장을 나서면서 뒤를 돌아보았다. 선수가 몇 명 남지 않은 훈련장에서 레인이 돌아갔다.

"남은 선수들은 계속 연습하는 거야? 시간이 늦었는데."

"다른 애들은 오늘 늦게 나와서 연습량 채우려는 거고, 운하는 연습 중독이야. 나보다 더 해."

운하라면 수림도 어느 정도 아는 바가 있었다. 수림이 보기에 그 애는 모파만큼이나 고집스러웠고, 모파보다 더 많이 무리했다. 수림은 훈련장에 운하가 없는 걸 본 적이 없었다. 도대체 집에는 가는 건지 의문이었다.

"그 말, 우주가 들었으면 그냥 안 넘어가 줬을걸. 둘이 훈련 시간 비슷했잖아."

"요즘은 아니니까 운하가 나보다 심한 게 맞지."

단 한 번, 수림은 훈련장 바깥에서 운하를 본 적이 있었다. 학교 근처도 아니고 주택가에서였다. 수림은 여행 로그를 찍는다고 돌아다니다 골목에서 튀어나온 사람과 부딪히고 말았다. 바로 운하였다.

"죄송합니다. 괜찮으세요?"

그렇게 묻던 운하의 목소리가 심하게 갈라졌다. 눈가가 붉었다. 울었나? 수림은 오히려 운하에게 물었다.

"괜찮아요. 저도 앞을 제대로 안 봤으니까요. 그쪽은 괜찮아요?"

수림이 상세하게 살펴보는 듯하자 운하가 대답을 얼버무리며 황급히 자리를 피했다. 신경 쓰지 말라고 했던 것도 같았다. 그런 얼굴을 봤는데 신경이 안 쓰일 리가 없잖아. 수림은 그 뒤로 운하를 유심히 지켜보았지만 달리 운하에 대해서 더 알게 된 건 없었다.

수림은 자신이 찍은 로그들을 확인하며 비슷한 풍경이나 편집할 내용이 없는 파일을 지워 버렸다. 그러다 우주에게 멱살이 잡혀서 심하게 뒤흔들린 영상 파일을 발견했다. 이건 놔뒀다가 나중에 우주한테 보여 주고 맛있는 거 사 달라고 해야지. 수림은 짓궂은 생각을 하며 화면을 넘겼다.

심해 도시와 심해수영을 직접 보고 싶어서 왔을 뿐인데 생각보다 많은 일에 휘말렸다. 솔직히 수림은 혜도가 뭐 하는 앤지, 스토킹 신고가 되는지 안 되는지는 크게 궁금하지 않았다. 그보다는 앞으로 모파가 어떤 선택을 할지가 가장 궁금했다. 어떻게 하고 싶은 것인지, 가지고 있는 진화 촉진제를 먹을 건지 아닌지.

수림은 모파가 진화 촉진제를 가졌다는 사실을 이미 알고 있었다. 모파는 스스로 생각하는 것만큼 철저하지 못했다. 무심코 진화 촉진제를 방에다 띄워 놓은 적도 있고, 혼자 약봉지를 만지작거리다가 수림의 눈앞에서 다급하게 치운 적도 있었다. 누가 봐도 수상한 몸짓이었다.

'경기 전에 먹으려는 건가?'

수림은 모파를 계속 따라다니기로 했다. 약의 존재가 자꾸만 마음에 걸린 탓이었다. 진화 촉진제를 손에 쥐고 불안해하는 친구가 걱정되었다.

자신이 촉진제의 존재를 안다는 걸 모파에게 솔직하게 말할 수도 있겠지만 수림은 그러지 않았다.

반드시 모파가 직접 결정을 내려야 한다고, 수림은 생각했다. 혼자만의 힘으로도 끝까지 나아갈 수 있다는 걸 확인받고 싶어서. 모파가 일으킨 파도를 타고 수림도 자신만의 레인에 뛰어들어 보고 싶어서.

우리가 잃어버린 것

아무리 디디가 불쌍한 눈으로 우릴 쳐다본다고 해도, 흔쾌히 디디를 도울 수는 없었다. 우리는 저녁 먹는 건 미루고 경찰서부터 갔다. 의외로 디디는 순순히 우리를 따라왔다. 어쩌면 자신을 증거로 제출하는 게 불가능하다는 사실을 이미 알았기 때문인지도 몰랐다.

"이거 우주 학생 거예요? 정보 열람 허용이 안 되어 있는데."

"아뇨, 제 건 아니고, 혜도 거예요."

"그럼 증거로 채택하기 힘들어요. 안드로이드는 수사 단계에서 경찰이 마음대로 스캔할 수 없어요. 함부로 스캔했다가 오히려 개인 정보 보호법에 걸릴 수도 있거든요. 아직 안드로이드 범죄 관련 법안이 피해자나 경찰에게 협조적인 편이 아니라서, 불리할 만한 일은 하지 않는 편이 좋아요."

"그런 게 어딨어요? 얘가 저희한테는 사진이랑 기록 보여 줬는데 그걸로도 안 돼요?"

"지금은 접근이 막혀 있네요. 이건 안드로이드 주인이 허용해 줘야만 다른 사람도 볼 수 있어요."

어이가 없었다. 디디는 우리에게 보여 줬던 자료를 경찰 앞에서는 꽁꽁 숨겼다. 경찰서에서 나온 우리는 하는 수 없이 디디에게 협조하겠다고 말했다. 그러자 디디가 고맙다며 거듭 인사했다. 사람을 제 의도대로 몰아 놓고서 기쁘다는 듯 웃는 게 얄미웠다.

다음 날부터 우리는 촉진제 도둑을 찾아다녔다. 나와 우주, 유이, 수림이 함께였다. 유일은 중요한 연애 사업을 하러 간다며 우리를 배신하고 이 일에서 빠졌다. 배신자. 의리 없는 놈.

수림이 같이 다니자고 먼저 말해 준 건 의외였다. 수림은 자신도 혜도 일에 엮였으니 끝까지 상황을 지켜보고 싶다고 했다. 수림이 나에게 물었다.

"모파, 오늘은 훈련 안 해도 괜찮아? 평소보다 일찍 나온 것 같아서."

"아, 그냥 오후까지만 하고 나왔어. 어차피 밤 전환될 때까지 있어 봤자 피곤하기만 하고."

내가 못한다는 생각에 이어서 열심히 하지 않는 사람이라는 생각에도 익숙해지는 걸까. 이제는 훈련장에 붙어 있지 않아도 별생각이 들지 않았다. 이게 좋은 건지 나쁜 건지는 모르겠다. 마음은 편한데 이런 식으로 해서는 실력이 늘지 않을 것 같기도 하고, 마음을 불편하게 먹는다고 해서 발전하는 건 아니니까 차라리 마음이라도 편한 쪽이 나은 것 같기도 하고.

그동안 내 실력이 아무리 나빠졌다 해도 곧 다가올 대양 대회만큼은 꼭 나가고 싶었다. 여름 방학이 오기 전 마지막 대회라는 건 의미가 컸다. 여름 방학을 어떻게 지낼 것인지에 대한 지표가 되어 주기 때문이었다. 대회장의 레인은 무엇을 비출까. 무엇이든 좋으니 내게 힌트를 줬으면 좋겠다.

"교실이랑 학교는 아무리 둘러봐도 수상하다고 할 만한 게 없었어. 학교에 있는 거라곤 책상, 의자, 공용 태블릿이 다니까. 선생님 몇 분이 학교 나와 계시길래 누구 지나가는 거 못 봤냐고 물어보긴 했는데 선생님들도 그날 실제 등교한 학생은 우리밖에 못 봤다고 하셨어."

"교환 학생 프로그램 아니면 학교에 학생이 거의 없겠는데? 평소에 선생님들만 계시는 거 아니야?"

수림이 말했다. 고산종은 아무리 인터넷이 잘되어 있어도 중요한 일을 할 때나 공교육만큼은 꼭 대면하는 걸 고집한다고 했다. 전염병 걱정이나 이동 효율이 문제 되진 않냐고 물어봤더니, 수림은 '그래도 만나서 얘기하는 게 좋으니까.'라고 대답했다. 사실 나도 유일과 유이를 따라 학교에 오가는 게 익숙해지긴 했지만, 고산종처럼 모든 사람이 만나서 공부해야 한다는 입장은 쉽게 이해되지 않았다. 각자 자유롭게 선택할 수도 있는 문제 아닌가. 수림의 질문에는 유이가 대답했다.

"우리처럼 꼬박꼬박 등교하는 애들이 매년 조금씩 있긴 하대. 하이퍼 통신으로만 다니는 경우가 제일 많고, 대부분 통신으로 오다가 가끔 직접 등교하기도 하고, 그때마다 하고 싶은 대로 해. 직접 나오는 거나 하이퍼 통신으로 접속하는 거나 감각에는 큰 차이가 없으니까. 듣기로는 등교 인원이 점점 줄어들고 있다더라."

"너희는 어쩌다 계속 학교에 나오게 된 거야?"

"처음엔 나 때문에 유일이가 직접 등교를 같이 하게 됐지. 진화 특성이 생기려면 물이랑 더 친해져야 한다고 해서. 매일 약 먹자마자 헤엄치면서 지느러미가 돋기를 기다렸거든, 그때는."

유이의 말을 듣다 보니 기억났다. 어느 날 유일과 유이가 나와 우주에게도 제안했다. 학교에 나가서 수업을 듣자고. 굳이 왜 그래야 하는지 모르겠다고 대답하는 우리에게 유일과 유이는 '같이 놀면 재밌잖아!' 하고 답했다. 난 그 말에 혹해서 학교에 가기 시작했다.

"결과적으로 딱히 몸이 진화하진 않았는데, 학교 가는 게 즐거워졌어. 교실에 가면 친구들이 있다는 사실이 좋았어. 시간만 공유하는 게 아니라 공간을 공유한다는 느낌이 들어서. 분명 그곳에 존재하는 거니까. 그리고 정해진 시간마다 오갈 곳이 있다는 것도 좋았지. 그전까지는 병원 다니는 게 다였거든."

이런 얘기는 처음 들어 봤다. 내가 혼자서만 품던 생각이 있는 것처럼 유이도, 다른 애들도 굳이 말로 하지 않고 간직해 온 생각들이 있는 거겠지. 그동안 나는 친구들을 꿰뚫어 보고 있는 줄 알았는데 사실 이 애들의 일부만 알 뿐이었다. 아무리 오랫동안 가까이 있었어도 머릿속까지 들여다볼 수는 없는 일이니까.

이전보다 다니는 곳이 늘었다고 해도, 유이의 평소 동선은 집, 학교, 병원, 학원, 훈련 시설 단지가 전부였다. 병원에서는 약을 잃어버릴 일이 없으니 제외. 남은 곳은 학원과 훈련 시설 단지였다.

"둘 다 내가 약을 가방 밖으로 꺼낼 일이 없는 곳이긴 해. 가방을 내려놓고 다른 일을 하는 곳은 학교밖에 없어서 당연히 약을 잃어버린 장소도 학교일 거라고 생각했어."

"전에는 약 없어진 적 없었고?"

수림이 묻자 유이가 망설이다가 대답했다.

"사실 잘 모르겠어. 한두 봉 부족했던 적이 몇 번 있거든. 내가 먹어 놓고 헷갈린 건가 싶어서 말하기는 좀 애매했는데……."

"그건 신고한 적 없는 거지?"

"응, 그 정도로는 신고하기가 애매해서. 이번엔 통째로 없어져서 어쩔 수 없이 신고한 거야. 너도 알지? 내가 어딜 가든 약이 잘 있는지 꼭 확인한다는 거. 그런데 나도 모르는 사이에 그걸 흘렸다는 건 말이 안 돼."

유이의 약이 처음 없어진 게 아니라는 점이 마음에 걸렸다. 하필 한두 봉씩 줄어들었다는 점도 신경 쓰였다. 그건 유이가 약 먹은 걸 깜빡했다고 느낄 정도로 교묘한 개수였다. 약 먹는 것까지 하이퍼폰에 일일이 자동 기록 설정을 해 두지는 않으니까. 수림도 마음이 쓰이는지 적극적으로 유이의 약을 찾았다. 이렇게까지 신경 써 줄 줄은 몰랐는데 내심 고마웠다.

"그럼 학원 먼저 가 본 다음에 훈련 시설 단지로 가자."

"아냐, 바로 훈련장으로 가자. 학원은 생체 인증 사물함을 쓰기도 하고, 입구에서 학생 등록 확인부터 하니까 몰래 들어와서 내 물건을 가져갈 수가 없어."

"생체 인증? 대형 학원은 다르네."

유이가 다니는 미술 학원은 청운시에서 가장 큰 빌딩이 모인 상가의 한복판에 있었다. 그런 곳에서 일대일로 그림을 배운다니 새삼 유이네 부모님의 지원 규모가 실감 났다. 유이는 그냥 요란한 것뿐이라고 말하곤 하지만, 그건 유이가 자신의 환경에 익숙하니까 할 수 있는 소리였다.

같은 꿈을 꿔도 뒤에서 밀어주는 힘은 제각각 다르다. 이건 단순히 돈의 문제만이 아니었다. 확실한 성적이 나오지 않으면 부모님들은 '시간 낭비'를 하지 않으려 했다. 더 도전해 보고 싶다고 애원해도 부모님 입장에서 이미 그 애는 순위권에 들지 못한 선수에 불과했다. 이런 데서 질질 끌고 있지 말고 가능성이 있는 일을 알아보라고, 조언을 가장해 그 애의 마음을 깎아내리는 말을 했다.

고등학교를 졸업한 후 하고 싶은 일을 찾아가는 건 우리들 몫인데 이상하게 부모님들이 더 조급해하는 경우가 많았다. 우리 엄마가 학생이던 시절에는 안 그랬다는데, 청운시로 넘어온 뒤부터 유난히 성적도, 진로도, 앞으로의 삶도 빨리빨리 성공하고 싶어 하는 사람이 많이 보인다고 했다. 성격 급한 사람들이 진화 촉진제 효과도 빠르게 드러낸 걸까. 알 수 없는 일이다.

이유야 뭐가 되었든, 부모님이 더 이상 지원해 주지 않는다는 이유로 그만두는 애들이 있었다. 그럴 때마다 나는 내게 드는 감정의 이름이 무엇인지 확실한 이름을 알아내지 못하고 혼란스러워했다. 그냥, 뱃속이 불편하게 꼬이는 것 같은 느낌이었다.

함께 경쟁하고 훈련하던 친구를 더는 만나기 어려워진다는 사실을 알게 되고, 열심히 하던 애가 그만두면서 펑펑 우는 모습을 차마 보지 못하고, 다음 경기 때 그 애의 목표가 무엇이었는지 떠올리고, 그래도 난 아직 레인에 남아 있음을 상기하고, 애써 모르는 척하며 발을 구르고…….

우리 엄마는 어떨까. 내가 선수로서 대단치 않다는 걸 알게 된다면 다른 일을 찾아보라고 할까? 유이네처럼 결과에 상관없이 값비싸고 무조건적인 지지는 아니더라도 계속해 보라고 할까? 답을 마주하려면 용기가 더 필요할 것 같았다.

우리는 훈련 시설 단지로 향했다. 기껏 훈련을 일찌감치 끝내고 나왔는데 결국 훈련장으로 돌아가는 내 모습이 웃겼다.

심해수영부 전용 훈련장에는 꽤 많은 인원이 남아 개인 훈련을 하고 있었다. 우리는 관객석으로 올라가서 근처를 샅샅이 뒤졌다. 의자 사이사이는 물론, 벽 근처나 천장까지 가서 떠돌아다니는 게 없는지 확인했다.

높은 곳에 올라오자 훈련장 내부가 한눈에 보였다. 운하뿐만 아니라 다른 애들도 열심이었다. 멍하니 레인 꼭대기를 보고 있는데, 허우적허우적 나를 따라 올라온 수림이 내 옆에서 훈련장을 내려다보며 감탄했다.

"와, 객석이 여기에 붙어 있어도 좋았을 텐데. 안 그래? 어차피 의자에 흡착 기능 달 거면, 차라리 의자 등받이를 위쪽에 만들어도 괜찮을 것 같단 말이지. 멀리서 보니까 한눈에 들어오고 좋잖아."

"그러네. 생각보다 잘 보여."

"엄청 열심인 걸 보니까, 곧 대회라고 했지?"

"응, 3주 뒤."

"다들 좋은 결과 있었으면 좋겠다."

"좀 트집 잡는 것 같긴 한데, 모두한테 좋은 결과가 있을 순 없지 않아?"

"모두의 목표가 1등이면 그렇겠지. 하지만 봐 봐. 각자 다른 연습을 하잖아. 이루고 싶은 게 다르니까 그런 거 아닐까?"

수림의 말을 듣고 나서 다시 훈련장 내부를 둘러봤다. 지금까지 나는 순위권에 들지 않는 애들이 열심히 하는 이유가 미련해서 그런 거라고 생각했다. 성적이 크게 나아지지도 않고, 그걸 이겨 낼 만한 진화 특성이 두드러지는 것도 아닌 애들이 차마 그만두 지는 못하고 훈련장에 남아 있는 거라고 말이다.

하지만 수림의 시선으로 바라본 훈련장은 달랐다. 다들 약점을 보완하기 위해 같은 연습을 수없이 반복하고 있었다. 만년 4위여 도, 지느러미가 약해 순위권은 꿈도 못 꾸더라도 제각각 자신만 의 목표를 달성하는 데 여념이 없었다. 각자의 시간이 모두 치열 하게 흘러갔다.

매번 레인의 꼭대기만을 바라보며 몸에 힘을 잔뜩 주던 나와는 달랐다. 그 애들은 다른 곳이 아닌 자기 자신을 보고 있었다. 지금 내가 느끼기에는 그랬다. 나는 결과만을 생각하며 다른 선수의 노력을 존중하지 않고 있었다.

이곳에서 노력하고 있는 부원들을 내가 함부로 무시해서는 안 되는 거였다. 난 그걸 이제야 깨달았다. 마음속 깊은 곳에서 부끄 러움이 밀려왔다. 수림에게 차마 대답하지 못하고 훈련장만 내려 다보던 나의 눈에 누군가 들어왔다. 어쩌면 이 훈련장에서 나와 가장 닮은 사람. 주위를 전혀 둘러보지 않고 앞만 바라보며 나아 가는, 자신의 기록에 쫓겨 허덕이는 한 사람. 바로 운하였다.

레인을 돌고 나와 기록을 확인한 운하는 그대로 훈련장을 빠져

나갔다. 멀리서 보아도 운하는 안절부절못하고 있었다.

"따라가 보자."

"굳이? 괜한 참견하는 거 아니야?"

"가 봐야 해."

나와 같은 걸 보고 있었던 건지, 수림이 나를 붙잡고 앞장섰다. 수림의 표정이 심각했다.

탈의실 문을 열자 자신의 입에 뭔가를 마구잡이로 욱여넣던 운하가 화들짝 놀라며 이쪽을 돌아봤다. 언제든 평정심을 잃지 않고 완벽해 보이던 운하가 씩씩거리며 불안하게 숨을 몰아쉬는 모습을 보니 기분이 이상했다. 수상한 짓을 하다 걸린 건 운하인데, 오히려 내 심장이 터질 듯 빠르게 뛰었다. 수림이 잠시간 운하를 바라보다 말했다.

"약 중독 아니라더니."

"……또 너야?"

운하가 수림을 노려봤다. 나는 모르는 무언가가 두 사람 사이에 있는 것 같았다.

"그거 진화 촉진제 맞지? 지난번에는 내가 몰라서 못 알아봤는데, 다시 보니까 맞는 것 같네."

나는 운하가 손에 들고 있는 약봉지를 뒤늦게 발견했다. 저런 식으로 특수 포장된 약은 진화 촉진제밖에 없었다. 입에 든 걸 삼킨 운하가 심호흡을 하더니 한결 차분해진 얼굴로 나를 봤다. 제대로 보니 차분하다기보다는 차게 얼어붙은 얼굴이었다.

"모파, 너는 오늘 저녁 훈련 안 한다며. 여긴 왜 와 있어?"

"유이가 진화 촉진제 도난 신고했어. 어쩌다 보니 우리가 촉진제 훔친 사람을 확실히 알아내야 하는 상황이 돼서 찾고 있었고."

"그래? 잘 찾아, 그럼."

운하가 우리의 곁을 스쳐 지나가려 했다. 나는 그런 운하의 팔을 붙잡았다. 이대로 그냥 넘어가서는 안 될 것 같은 기분이 들었다.

"뭐야? 이거 놔."

"그거 유이 거 맞지? 죄 없는 사람 의심하는 거면 미안한데, 우리가 촉진제 찾는 게 좀 급하거든. 너희 둘이 최근에 자주 만난 거 알고 있어."

그동안 쉽게 흘려보냈던 단서들이 머릿속에서 연결되었다.

유이의 약이 교묘하게 한두 개씩만 사라졌다고 했다. 지금 운하의 손에 들린 약 뭉치는 한두 봉지씩 뜯어서 한데 모아 놓은 모양새였다.

훈련 영상을 찍어 주던 수림이 운하의 건강에 대해 물어본 적 있었다. 자꾸만 약을 먹는다고. 우리 앞의 운하는 누가 봐도 지나치게 불안해하고 있었고, 그 불안을 약으로 다스리려 하는 모습이었다.

나도 진화 촉진제를 먹으면 혹시나 효과가 있을지도 모른다고 생각한 적이 있었다. 다른 사람은 몰라도 나에게는 영향을 줄지도 모른다고. 지금의 내 자리에서 밀려나고 싶지 않다고. 이 약을 먹으면, 힘든 상황을 모두 이겨 낼 수 있게 될 거라고. 그렇기에 나는 운하가 무슨 생각으로 이런 짓을 저지르고 있는지 어렵지 않게 파악할 수 있었다. 오히려 너무 공감되어서 괴로운 마음까지 들었다.

"자주 만났으면? 이렇게 의심해도 돼? 아니면 어쩔 건데?"

"아니라면 확실하게 사과할게. 하지만 너도 제대로 대답해. 네 손에 있는 거, 유이 약 아니야?"

"난 유이 약에 손댄 적 없어. 됐지? 단편적인 것만 보고 마음대로 추측하지 마."

당당하게 나를 마주 보는 운하의 얼굴에는 죄책감 하나 깃들어 있지 않았다. 나는 빤히 운하를 보다가 툭 내뱉었다.

"거짓말."

"뭐라고?"

"거짓말하고 있잖아. 넌 억울하거나 분하면 얼굴이 빨개지는데 지금은 전혀 안 그렇거든."

"네가 나에 대해 뭘 안다고 그런 말을 해? 증거도 없는 일로 괜한 사람 잡지 마."

반박할 말이 떠오르지 않아 손에서 빠져나가는 운하의 팔을 잡지 못하는데, 수림이 운하를 재차 붙들었다. 운하가 짜증스레 인상을 찌푸렸다.

"할 말 있으면 그냥 해. 나한테 막 손대는 거 싫어하니까."

"미안. 근데 증거 있어."

수림의 말은 나도 예상치 못했다. 그때 흔들림 없던 운하의 표정에 균열이 가는 것을, 나는 보고 말았다.

수림은 홀로그램 모드를 켜고 영상 목록을 한참 뒤지더니 하나를 골라 우리에게 보여 줬다. 수림이 말한 '증거'는 그동안 찍은 여행 로그에 담겨 있었다.

로그에 찍힌 날짜는 수림이 이곳에 온 지 얼마 되지 않았을 때였다. 청운시의 구석구석을 모두 찍어 가겠다며 온갖 골목을 쏘다니던 수림은 단독 주택가까지 들어가서 주위를 둘러봤다. 영상 속 장소는 유이네 집과 가까워서 나에게도 익숙한 곳이었다.

—여긴 건물들이 엄청 좋아 보여요! 단수 시설도 있는 것 같고. 부자들이 사는 동네인가 봐요. 오, 저건 뭐지?

영상에 녹음된 수림의 목소리는 신나 있었다. 헬멧에 달린 카메라로 주변 전경을, 하이퍼폰으로는 벽에서 자라는 꽃이나 도보를 표시한 조명을 찍으면서 다니던 수림이 누군가와 부딪혔다. 퍽, 하고 꽤 아플 것 같은 소리가 나면서 수림의 화면이 크게 흔들렸다.

─죄송합니다. 괜찮으세요?

　영상 속 운하가 수림을 붙잡아 주며 물었다. 초췌한 얼굴을 한 운하는 수림의 상태를 살피다가 제 손에 있는 걸 숨겨야 한다는 사실을 상기한 듯 다급하게 주머니에 쑤셔 넣었다. 그러는 바람에 수림의 시선이 운하의 손으로 향했고, 수림의 화면에도 똑똑히 찍히고 말았다. 운하가 들고 있던 건 진화 촉진제가 든 봉투였다. 겉면에는 유이의 이름이 선명하게 표기되어 있었다.

　"이래도 아니라고 할 거야?"

　"……너 말이야, 전부터 짜증 났어. 성가시게 여기저기 헤집으며 돌아다니는 것도 모자라서 틈만 나면 나를 유심히 쳐다보는 거."

　"앗, 몰래 본 거였는데 알고 있었구나."

　"누굴 바보로 알아?"

　인상을 팍 찌푸리며 말하는 운하는 평소 내가 보던 모습과 거리가 멀어 보였다. 더는 거짓말이 소용없어졌는데도 운하는 당황하지 않았다. 그런 운하의 반응을 본 나와 수림이 오히려 당황하고 말았다.

　"너, 할 말 없어?"

　"무슨 할 말? 이제 와서 뭔가 말한다고 상황이 달라져?"

　나는 운하가 변명이라도 할 줄 알았다. 나쁜 마음으로 그런 건 아니라든지, 심정이 어땠다든지. 적어도 자기 상황에 대해 우리에게 알려 줄 거라 생각했다. 하지만 운하가 이어서 내뱉은 말들은 내 뒤통수를 얼얼하게 만들었다.

"후회하기엔 늦었어. 나는 그럴 자격 없으니까."

"뭐?"

"한꺼번에 여러 개 가져가지 말 것. 유이랑 만나는 날마다 연속으로 훔치지 말 것. 약은 집에만 두고 절대 바깥으로 가지고 나오지 말 것. 충동적으로 행동하지 말 것."

운하가 하이퍼폰으로 어딘가에 메시지를 보냈다. 홀로그램을 다 보이게 띄워서 내 눈에도 보였다. 운하가 보낸 메시지의 수신인은 유이였다. 운하는 유이를 탈의실로 불러내고 있었다.

"저 영상 찍힌 날도, 오늘도 그래. 어쩐지 죽어도 진정이 안 돼서 참지 못하고 저지른 건데, 두 번 다 들켜 버렸잖아. 너희들한테."

"정말 미쳤구나?"

"하루 종일 한 자리에서 빙빙 도는 짓을 하는데 안 미치면 이상하지. 안 그래? 너도 그렇잖아."

"……너 원래 이런 성격이었어?"

"어, 원래 이래. 티를 안 낼 뿐이지. 그래서, 넌 먹었어?"

"뭐를?"

"뭐긴. 너도 진화 촉진제 갖고 있잖아. 역시 무서워서 안 먹었지?"

운하에게 정곡을 찔렸다. 내가 감추어 왔던 나의 성격을 운하는 파악하고 있었다.

"그거 먹어도 도핑 안 걸려. 내가 해 봤거든. 경기 전에 진화 촉진제 먹는 거."

"그러다 도핑으로 걸리면 어떡하려고?"

"어쩌긴, 죽는 거지."

운하의 대답이 농담처럼 들리지 않았다. 차분하게 자신만의 길을 나아가고 있는 줄 알았던 운하는 원형 레인 안에 갇혀 빠져나오지 못하고 있었다.

"어째서? 약 같은 거 안 먹어도 넌 어차피 1등이잖아."

내 말을 들은 운하가 인상을 찡그리며 웃었다. 나를 비웃는 것 같기도, 그저 불량해 보이기도 했다.

"'어차피 1등'이 어딨어. 미끄러지면 1등도 아닌 거지. 그런데 나는 꼭 1등이어야 하고, 누구보다 잘해야 하고, 개인 기록까지 깨라고? 짜증 나게. 자기들이 못 하니까 나한테 기대를 거는 거야. 내가 1위 하는 모습 보면서 대리 만족하려고."

"왜 그렇게 생각을 해? 그냥, 우리 사이에서 네가 제일 잘하니까 큰 대회 나가서도 네가 좋은 결과 얻길 바라는 거지."

"48초 20에서 뒤에 20이 죽어도 안 떨어지더라. 그런 와중에 유일은 무슨 바람이 불었는지 개인 훈련을 나오겠다고 하지, 너는 갑자기 헤엄칠 줄 모르는 애처럼 팔도 제대로 못 돌리지. 유일한테 붙잡히고 나면 너랑 같이 레인 밖으로 쫓겨날 것 같았어."

"야, 나 아직 안 쫓겨났거든? 어이가 없네."

이전 같으면 운하가 한 말에 상처받았을지도 모른다. 하지만 지금은 운하가 짧은 생각으로 내뱉은 말이 나에게 타격이 되지 않았다. 나의 눈에 운하는 그저 불안해 보였다. 자신이 있는 자리가 더는 자기 것이 아니게 될까 봐, 어디로든 쫓겨나고 밀려날까 봐 전전긍긍하는 모습이었다.

"좀 쉬어야 하는 거 아니야?"

내가 물었지만 운하는 다른 소리를 했다.

"모파, 이번 대회 출전 신청했던데."

"……당연하지. 그럼 안 하냐."

"솔직히 금방 그만둘 줄 알았어. 내가 보기에 너는 심해수영을 별로 좋아하지 않는 것 같았거든. 그런 와중에 성적이 떨어지니까 당연히 흥미를 잃을 거라 생각했어."

의외였다. 나는 심해수영을 싫어한다고 한 적도 없고 누구보다 열심히 해 왔다. 다들 내게 정말 열심히 한다거나 운동에 미쳤다고 하면 했지, 나보고 심해수영을 싫어한다고 말한 사람은 운하가 처음이었다. 다른 사람이면 말도 안 되는 소릴 한다고 생각하고 넘어갔을 텐데 운하가 말하니 신경 쓰였다. 1위를 놓치지 않는 운하의 눈에는 내가 설렁설렁하는 걸로 보였나? 그래서 저런 말을 하는 건가?

"내가 심해수영을 안 좋아하는 것 같다고? 왜 그렇게 생각하는데?”

“그야 나도 안 좋아하니까. 아니, 싫어하는 쪽에 가깝지. 네가 심해수영 할 때마다 짓는 표정이 나랑 비슷하다고 생각했어. 연습해야 하니까 하고, 싫단 소리 절대로 안 하고. 한 번 싫다고 말하면 정말로 그만두고 싶어질 것 같아서. 이제 나한텐 이거밖에 안 남았는데.”

운하의 말 한마디 한마디가 묵직하게 가슴을 때렸다. 반박하고 싶은데 아무런 말도 나오지 않았다. 나는 대답하지 못함으로써 운하에게 공감한다는 걸 드러내고 말았다. 운하는 부정하지 못하는 내 앞에서 계속 자기 할 말을 했다.

“다른 세상은 상상해 본 적도 없어. 다른 일에 도전하는 내 모습도. 난 어떻게든 레인에 남아야 해. 그거 말고는 답이 없는 것 같아. 그래서 레인에 남으려고 뭐든지 하는 거야. 뭐든지.”

운하가 내 속을 들여다보는 것만 같았다. 나는 덤덤한 척 레인에 뛰어들면서도 속으로 내 출발이 얼마나 완벽에 가까웠는지, 얼마나 부족했는지 계산하곤 했다. 앞으로 나아가면서 팔은 어떻게 움직여야 하며 다리에 어느 정도의 힘을 쓰는지 모든 걸 의식했다. 아가미로 드나드는 물의 흐름, 비늘을 스치고 지나가는 물살마저도 일일이 신경 쓰다 보면 내가 어떻게 움직이고 있었는지 잊게 되는 경우도 있었다. 그러다 뭐라도 하나 꼬이면 처음부터 다시 시작했다. 레인을 빠르게 완주하기 위한 몸짓과 호흡을 무의식적으로도 해낼 수 있도록, 온몸에 습관을 새겨 넣는 행위였다.

"그 '뭐든지'에 약까지 포함된 건지는 몰랐네."

"그러게. 우리 둘 다 진화 촉진제 도둑이라고 신고해 버릴까. 같이 출전 금지당하게."

"확실해. 너 지금 제정신 아니야."

"하하, 이제 알았어? 난 내가 미친 거 진작 알고 있었는데."

우리는 한 바퀴, 한 바퀴를 모두 전력으로 돌다가 결국 지치고 말았다. '완벽한 경기'라는 건 사실 존재하지 않는 건지도 몰랐다.

"그래도 난 네가 부러워. 너는 적어도 나처럼 기록이 떨어지진 않았잖아. 노력하면 노력하는 대로 유지되고, 어쨌든 좋은 결과가 나오잖아. 난데없이 레인 밖으로 튕겨 나가진 않았잖아."

말하다 보니 울컥, 눈물이 나려 했다. 내가 왜 애한테 이런 소리까지 해야 하는지 모르겠다. 간신히 내 상황을 받아들였다고 생각했는데 운하 앞에 서니 초라해지는 기분이 들었다.

"나도 너랑 같아. 심해수영 말고는 잘하는 것도 없고 뭘 해야 할지도 모르겠어. 그래서 그냥, 내가 잘하는 일을 좋아하기로 했는데, 이제 심해수영 선수라고 하기도 민망할 정도로 실력이 안 좋아졌어. 이유도 몰라. 병원에서는 몸에 문제가 없대. 심리적으로 압박을 너무 받아서 그런 것 같대. 근데 이상하잖아. 우리 중에 압박 안 받는 사람이 어딨어? 왜 나만 이런 걸 겪어야 하냐고."

"……."

"차라리 사고라도 나든가. 어쩔 수 없는 일로 그만두게 되든가. 여기서 내가 심해수영을 그만둬 버리면 왠지 도망치는 것 같잖아. 슬럼프 하나 이겨 내지 못하는 애였다고, 다들 그렇게 날 기억할 것 같아서, 그게 무서워."

"그래? 나는 그만둘 거면 스스로 그만두고 싶은데. 어쩔 수 없이 그만두게 되는 건 왠지, 불쌍해 보일 것 같잖아."

내 말에 조용히 대답한 운하가 나에게 다가왔다. 정확히는 내 뒤에 있는 유이에게 가서 자신이 훔친 약을 모두 돌려줬다. 약봉지를 떠안은 채 운하를 노려보는 유이의 눈이 붉었다.

"처음에는 당연히 무서웠지. 약을 가지고만 있는 걸로도 심장이 뛰었어. 그러다 대회 전날에 충동적으로 약을 먹었는데, 어쩐지 괜찮은 기분이 드는 거야. 심지어 도핑 테스트도 안 걸렸지. 그 뒤로 무서운 줄 모르고 약을 먹다가…… 최근 2주간은 전혀 먹지 않았어. 유이 네가 나만큼은 절대 의심하지 않는 게 마음에 걸려서. 근데, 약을 안 먹으니까 불안해서 미치겠더라."

"이 나쁜 새끼야."

물에 잠겨 보이지는 않았지만 유이는 울고 있었다. 우리 중에 우는 일이 가장 드문 유이였는데, 많이 상처받은 표정이었다. 운하는 계속 자신의 이야기를 늘어놓았다. 내 눈에는 그게 유이에게도, 운하 자신에게도 일부러 상처를 주려는 것처럼 보였다.

"그러면서도 훔치기는 계속 훔쳤어. 교묘하게, 하나둘씩. 그걸 쌓아 두는 것만으로도 진정되는 기분이었어. 사실을 알게 되었을 때 네가 상처받을 거란 생각은 했지만, 그것보다는 충동에 더 많이 끌려다녔지."

"왜 날 여기로 불렀어? 이걸 왜 나한테 다 털어놓는 기야? 이제 나랑 다시는 안 볼 건가 보지?"

"털어놓는 거 아니야. 애네들한테 들켜서 어쩔 수 없이 말하는 거지. 네가 믿어 준 만큼 나는 용기 있는 사람이 아니라서, 걸리지만 않았다면 너한테 언제까지 숨겼을지 나도 모르겠어."

"운하."

"……미안해. 믿어 줄지는 모르겠지만, 처음부터 이럴 생각은 아니었어. 너랑 같이 있을 때마다 자꾸 약이 눈에 들어와서 나도 모르게 손대게 됐어."

운하는 평소 사물함에 두고 다니던 물건을 모두 가방에 담았다. 어쩐지 모든 걸 포기한 듯 체념한 표정이었다. 운하에게는 더 거짓말할 기운도 남아 있지 않은 것 같았다.

"출전 포기할게. 약이든 뭐든, 의존하게 되는 내 모습이 무서워. 심해수영도 그만둘까 봐."

"그게 네 결론이야? 그게 네가 나한테 해야 할 말이냐고."

탈의실에 소금기가 돌았다. 유이가 운하를 마구잡이로 때렸다. 물속에서 움직임이 느려지는 유이인데도 운하는 가만히 서서 유이가 때리는 걸 다 맞고 있었다. 나와 수림은 멍하니 있다가 뒤늦게 유이를 말렸다. 유이는 씩씩거리다가 말했다.

"개소리하지 말고 똑바로 해. 불안해? 무서워? 그게 네 잘못의 핑계가 돼? 너 되게 비겁하다. 내가 널 좋아해 온 시간을 후회하게 하지 마. 그만둘 거면 끝까지 최선을 다한 다음에 그만둬. 혼자 지레 겁먹고서 이딴 식으로 도망치지 말고."

운하는 끝까지 아무런 말도 하지 않았다. 멋있어 보이기만 하던 운하가 그 순간에는 참 못나 보였다. 심해수영이 마음대로 되지 않는다고, 주변 일이 풀리지 않는다고 침울해하고 무력하게 시간만 보내던 내 모습도 저렇게 보였을까. 유이가 운하에게 던진 말이 나의 마음까지도 강하게 뒤흔들었다. 어쩌면 저 말을 들어야 할 사람은 운하만이 아닐지도 모른다.

해파리의 마음

유이의 진화 촉진제 도난 신고가 의외로 다른 문제를 해결해 주기도 했다. 경찰 조사를 받으면서 진화 촉진제 도둑으로 의심받자 혜도가 자신이 훔친 건 따로 있다고 털어놓은 것이다. 그냥 도둑인 건 괜찮은데 촉진제 도둑은 곤란하다나.

알고 보니 혜도도 진화 특성이 극히 부족해서 촉진제 처방을 대기 중이었다. 이번 일로 신청 자체가 막히게 될까 봐 사실을 털어놓은 거였다. 본인이 힘들 만한 일은 어떻게든 피하고 싶어 하는 모습이 치사하게 느껴졌다.

우리 학교에 숨어든 날 혜도가 가져갔던 건 우주의 기록 노트였다. 처음부터 끝까지 우주가 하나하나 영상을 편집해 붙이고 직접 작성한 분석 글이 노트에 가득했다. 귀중품으로 분류되지 않는 물건이라 도난 시스템에도 걸리지 않았다는 모양이다. 노트를 돌려받은 우주는 그걸 몇 장 넘겨 보다가 나에게 내밀었다.

"읽어 볼래?"

"어? 그래도 돼? 그동안 안 보여 줬잖아."

우주는 지금까지 한 번도 나에게 노트를 보여 준 적 없었다. 선수 보호 차원이라면서. 몇 년이나 감추던 걸 선뜻 건네주니 오히려 기분이 묘했다.

"이제 봐도 될 것 같아서."

"뭐지? 제자가 성장할 때까지 기다렸다가 비급을 전해 주는 스승님처럼?"

"아하하, 그게 뭐야? 유일한테 영화 과몰입이 옮은 거야?"

"유일만큼은 아니거든? 말이 심하다?"

우주가 막 웃더니 이내 진정하고는 천천히 말했다.

"그 정도로 대단한 내용 아니야. 그냥 일기라고 생각하고 보면 좋을 것 같은데."

"음, 알았어. 그리고 우주."

"응?"

"알아서 해결하고 싶었던 건 알겠는데 앞으로는 말 좀 해. 내가 뒤늦게 스토커 계정 보고 얼마나 놀랐는지 알아?"

"아, 그건…… 미안해. 정말로. 네가 알면 스트레스 받을까 봐 그랬어."

"이제 와서 따지려는 건 아니야. 왜 그랬는지도 알아. 아는

데…… 다음부터는 같이 좀 알자고. 나 그렇게까지 정신 금방 무너지고 그런 애 아니거든."

"그러게. 내가 널 너무 약하게 봤나 봐."

우주가 바보같이 헤헤 웃었다. 혼자 속앓이하는 건 그만두라고 한 말인데, 아마 당장 변하기는 어려울 것 같다. 사람은 그리 쉽게 변하지 않으니까. 우주가 또 아무 말 없이 알아서 문제를 해결하려고 한다면 그때는 우리가 또 우주를 졸졸 쫓아다녀야지. 그리고 우주 잘못이 아니라는 걸 증명해 내야지. 만에 하나 우주 잘못이 있다면 해결 방법을 찾아야지.

나는 내 방에 들어와 조심스레 우주의 노트를 펼쳤다. 얇은 특수 용지에 우주가 직접 쓴 글자와 타자로 친 글자가 가지런하게 출력되었다. 대부분은 손으로 쓴 글씨였고, 동영상보다 사진 비중이 높았다. 기록할 때만큼은 홀로그램을 최대한 사용하지 않으려 하는 우주다웠다.

오늘따라 방 안의 물이 등을 받쳐 주는 게 편했다. 나는 아무렇게나 둥둥 떠다니며 노트를 읽었다.

우주의 말처럼 단순한 일기는 아니었다. 우리가 함께 뭘 하면서 놀았는지, 그날 어땠는지, 아니면 함께 봤던 영화의 줄거리에 대해서 쓴 부분도 있었지만, 역시 제일 많은 자리를 차지하는 건 심해수영에 대한 내용이었다.

나는 내가 언제나 망설임 없이 레인에 뛰어들었다고 생각했는데, 우주가 일일이 받아 적어 놓은 나의 스타트는 감정에 영향을 많이 받았고 그만큼 기복이 있었다. 내가 기억하지 못하던 사소한 문제까지도 우주는 전부 표시해 두었다. 스타트가 0.8초 늦었던 날에는 '유이와 싸움', 0.4초 늦었던 날에는 '늦잠', 0.3초 빨랐던 날에는 '끝나고 드라마'처럼, 우주가 나름대로 추측한 컨디션의 원인이 스타트 기록 옆에 작성되어 있었다.

나의 스트로크 횟수, 팔을 움직이는 모양새, 레인을 도는 습관을 확인하면서 우주는 나보다도 나를 더 잘 알아 갔다. 중학생 때까지만 해도 우주는 나에게 가장 먼저 고민을 털어놓곤 했는데, 어느 순간부터 그러지 않게 되었다. 우주는 나의 심해수영을 분석하면서 점점 나를 친구보다는 선수로 대하고 있었다. 그렇기에 나의 마음이 복잡해질 만한 일은 숨겼던 거고.

'바보 아니야?'

내가 처음으로 주춤하기 시작한 건 작년 여름이었다. 이전에는 아무렇지 않게 달성하던 기록에 도달하는 것이 힘겨워졌다. 우주는 문제의 기록에 두꺼운 밑줄과 물음표를 쳐 놓았다. 나만큼이나 우주도 혼란스러웠다는 게 노트에 드러나 있었다.

  - 53초 02. 왜? 수면 부족?
  - 53초 01. 나아지지 않음. 여전히 수면 부족해 보임.
  - 53초 12. 점점 기록을 의식함. 수면 부족.

- 53초 33. 과한 새벽 훈련. 신경질적이라 걱정. 말해 줘도 듣지 않음.
- 54초 03. 무서워하고 있는 것 같다. 몸이 경직되어 중반부터 나아가는
  힘 떨어짐.

그래, 나는 내가 점점 실력이 부족한 선수가 되어 가고 있다는 사실에 겁을 먹었다. 과감하게 온몸을 앞으로 쏘아 보내지 못하고 그저 허덕이기 바빴다. 나를 돌아보는 게 아니라, 옆 레인에 있는 다른 사람만을 신경 쓰고 있었다. 그런 나를 정확하게 바라보고 있던 건 다름 아닌 우주였다.

사실 처음 듣는 말은 아니었다. 몸이 경직되었다거나 수면이 중요하단 얘기는 코치님이 수도 없이 했고, 엄마도 쉴 때는 쉬어야 한다는 말을 자주 했다. 그럴 때마다 난 어른들이 뭘 몰라서 하는 소리라고 생각했다. 내가 이렇게까지 하니까 그나마 성적이 유지되는 거라고. 잘 거 다 자고 놀 거 다 놀면 나는 언제 발전하냐고.

다들 급하지 않아도 괜찮다고, 고등학생 때 인생의 모든 걸 정하진 않아도 된다고 말했다. 친구가, 선생님이, 엄마와 이모가, 방송에 나오는 사람들이, 세상 모두가 그랬다. 조급할 필요 없다고. 그런데 내 마음은 왜 이렇게 쫓기는 것 같은지 모르겠다. 나야말로 성격이 급해서 진화 촉진제를 잔뜩 흡수해 다른 애들보다 많이 진화한 채로 태어나고, 남들보다 빠르게 헤엄칠 궁리만 하면서 살아왔나 보다.

아무것도 정해지지 않은 것 같은 상태가 싫었다. 나에 대한 것이든, 내가 살아갈 길에 대한 것이든. 전자책처럼 내가 어디까지 왔는지 인생의 퍼센트라도 알 수 있으면 좋겠다고 생각했다.

아무리 고민해도 정답은 없고, 절대적인 것도 없다. 그런 와중에 선택은 오로지 나의 몫이다. 나는 내가 모든 걸 정해야 하는 게 싫었다. 차라리 계속 레인에 남아서 심해수영만을 하며 살아갈 수 있다면 좋겠다고 생각했다.

새삼스레 깨닫고 말았다. 나는 심해수영을 하고 싶은 게 아니라, 심해수영을 그만두는 게 무서운 거였다. 레인 밖으로 나가면 아무런 길도 나 있지 않으니까. 개척할 용기는커녕 모험을 떠날 자신도 없었다. 새로운 것을 밀어붙이기에는 확신도 부족하고 겁도 많았다. 이도 저도 못 한 채로 조금씩 가라앉을 뿐이었다.

그런데 겨우 멈춰서 주위를 둘러보니 다들 나를 걱정하고 있었다. 나만이 그 사실을 깨닫지 못했다.

나는 간간이 웃거나 찔끔 나오는 눈물을 참아 내며 우주의 기록 노트를 계속 넘겨 보았다. 같이 영화를 보기로 해 놓고 나와 크게 부딪혔던 그날, 우주는 밤새 혜도와 하이퍼 통신 연결을 시도했다. 자신이 잘못 사귄 친구로 인해 내가 피해 보지 않길 바라는 마음, 오래된 하이퍼 통신 친구가 돌이킬 수 없이 엇나가지 않길 바라는 마음, 유이네 집에서 실수한 것 같아 후회하는 마음까지, 우주의 복잡한 심경이 고스란히 담겨 있었다.

- 1분 2초 01. 1분대로 떨어진 건 처음이다. 걱정되네.
- 1분 2초 48. 아슬아슬.
- 1분 9초 32. ……무슨 일 있었나?

가슴이 울렁거렸다. 훈련장 관객석 2열, 심해수영 레인이 정면으로 보이는 곳. 우주는 매번 그 자리를 지켰다. 친구로서, 1호 팬으로서. 나는 그런 우주의 마음에 보답하고 싶었다.

다음 날부터 나는 훈련 방식을 크게 바꿨다. 코치님이 몇 번을 강조했는데도 체력 단련을 우선시하느라 뒷전이었던, 명상부터 시작했다. 소란스러운 곳에 앉아서 집중력 훈련을 하고, 레인 안에서 조급함을 내려놓는 연습을 했다. 당장 눈앞의 기록이 떨어지는 것 같더라도 무리해서 발을 더 구르지 않았다. 하이퍼폰에 표시되는 나의 심박수 관리에만 신경 썼다.

잠을 잘 자야 하는데, 충분히 숙면하는 일은 여전히 쉽지 않았다. 나는 계속해서 긴장을 풀려고 노력했다. 온몸에서 힘을 빼고 머릿속을 비울 것. 외부의 것이 아닌 나 자신에게만 오롯이 집중할 것. 심호흡 한 번, 두 번, 세 번.

"잠깐. 나 진정 좀 하고."

"야, 그러면서 또 시간 끌고 있지! 빨리 버릴 패 내놔!"

"모파 재 시작점으로 돌려보내 버리자."

"뭐? 그런 게 어딨어? 아, 잠깐만!"

가끔 통하지 않을 때도 있었지만, 아무튼. 긴장과 자책을 조금씩 내려놓다 보니 하루를 보내고 나서 밤에 잠을 청하는 게 비교적 덜 버겁게 느껴졌다.

혜도에 대한 신고 결과는 다행히 내 예상을 벗어나지 않았다. 혜도는 나와 우주에 대한 접근 금지 처분을 받았다. 하이퍼 통신과 스레드 서버도 분리 조치되었다. 앞으로 나도, 우주도 원치 않는 접근 때문에 고통받지 않아도 된다. 골목을 지날 때마다, 혼자 시간을 보낼 때마다 다른 인기척이 있지는 않은지 신경 쓸 필요가 없어지자 마음이 놓였다. 훈련할 때도 누군가 나를 집요하게 보고 있다는 생각을 하지 않아도 되어 속이 편안해졌다.

얼마 전에는 이모가 집에 놀러 왔기에 파우치를 건네줬다. 다행히 약 한 알도 빠짐없이 고스란히 이모에게로 돌아갔다. 이모는 내가 무슨 마음을 먹을 뻔했는지도 모르고 찾아 줘서 고맙다며 파우치 안을 살피지도 않고 가져갔다.

"이모, 약 몇 개 있는지 확인 안 해? 분실하면 처방받기 어렵다며."

"개수 확인을 왜 해? 이걸 누가 가져간다고."

"요즘 임신부 아니어도 진화 촉진제 먹으려고 하는 사람 꽤 있어서 관리 철저하게 한대."

"그래? 임신부도 아닌 사람이 뭐 하러? 그냥 먹어서는 효과 없지 않나?"

"혹시 모르잖아. 뒤늦게라도 진화 특성이 발현될지."

"그런 게 어딨어? 사람이 변신 로봇도 아니고. 그렇게까지 사람 신체를 곧바로 변화시킬 정도의 약이었으면 오히려 임신부들이 안 먹으려 했을걸?"

"이미 진화 특성이 많으면 약효를 볼 수 있단 얘기도 있고……."

아차, 흘리듯이 말한다는 게 너무 많은 걸 얘기했나 보다. 눈치 빠른 이모가 의심스럽다는 듯 눈을 가늘게 뜨고 날 쳐다봤다. 뜨끔, 찔리는 기분이 든 나는 다른 의도는 없다는 의미로 눈만 깜빡이며 이모를 마주 보았다.

"그러니까, 진화 특성이 전혀 없는 사람이 수중 생활에 불편한 점이 너무 많아서 약을 먹는 게 아니라 이미 진화한 사람이 더 진화하기 위해 약을 먹기도 한다는 거지? 나는 왜 굳이 그래야 하는지 모르겠네. 만약에 실제로 신체 기능을 폭발적으로 향상시키는 약이 있다고 쳐. 물론 좋기야 하겠지만 '그 사람 삶의 목표가 뭐길래?' 하는 생각이 드는데?"

"부작용이 없다고 해도?"

"부작용이 없어도 말이야. 남들은 어떤지 모르겠는데, 난 그렇게 쉽게 얻는 건 오히려 불안하더라. 과한 것도 좀 부담스럽고. 소시민이 적성에 맞나 봐."

이모의 말이 맞다. 촉진제가 당장 좋은 결과를 얻게 해 준다고 해도 문제였다. 한 번 위기를 넘겼으니 다음에도 촉진제를 먹은 날만큼 잘해야 하고, 그러면 약이 또 필요할 것이고, 나는 결국 조금도 나아지지 못한 채 약에만 의존하는 선수가 됐을지 모른다. 촉진제에 효과가 있든 없든 마찬가지다. 어디에든지 의존하기 시작하면 내가 스스로 버텨 낼 힘을 잃고 만다.

나는 더 이상 전력으로 나아가는 것만을 중요하게 생각하지 않았다. 지금 나의 목표가 극단적인 기록 줄이기가 아니라는 점, 레인 완주에 의미가 있다는 점, 무엇보다도 나를 응원해 주는 친구들에게 최악의 모습만 보이지 말자는 다짐을 마음에 새기자 놀라울 정도로 몸이 부드럽게 풀어졌다.

'이렇게 하는 게 왜 그렇게 어려웠나 몰라.'

한번은 수림이 찍은 영상을 쭉 구경하다가 청운 타워가 나와서 자연스레 우리가 처음 만난 날에 대한 이야기를 했다. 내가 무슨 마음으로 심해수영을 했는지, 전망대에는 왜 갔던 건지.

"지금 생각해 보면, 도망치고 싶었던 순간이 있었던 것 같아. 근데 나는 그게 혼자만의 시간이 필요한 거라 여기고 당연히 레인으로 돌아가야 한다고 생각한 거지. 원래 살던 궤도에서 벗어날 용기는 없으니까 텅 빈 전망대에 가서 우리 동네가 있는 쪽을 보는 거야. 저 동네도 이만큼 멀리서 보면 별거 없어, 이렇게 작아 보이는데, 그러니까 내가 하는 일도 내가 가진 고민도 이 넓은 바다에서는 아주 작고 사소한 것뿐이야, 이 정도는 이겨 내야 해, 하면서. 그렇게 내 마음을 별것 아닌 걸로 치부하고, 내가 진짜 뭘 하고 싶은지 전부 무시할 준비가 되고 나면 훈련장으로 가고. 그러다 보니 나도 모르는 사이에 속에 쌓인 것들이 곪아서 터져 버린 거야. 난 바보같이 그걸 외면하면 언젠가 사라질 줄 알았어."

전에는 헤어지면 그만이라고 생각했는데, 남은 기간 동안 잘 지내야겠다고 생각하고 나니 수림과도 더 많은 이야기를 나누고 싶어졌다. 수림은 주변을 유심히 살필 줄 알았고, 나와 다른 시각으로 문제를 바라보았다. 남이 자신과 달라도 그럴 수 있다며 불편하게 여기지 않는 모습이 어른스러워 보였다. 수림이 떠나기 전까지 최대한 수림의 시야를 흡수해야겠다고 장난처럼 말했더니 수림은 이렇게 답했다.

"난 오히려 네 생각을 흡수해야겠다고 생각했는데. 한번 결정하면 확신 있게 밀어붙이는 게 강단 있어 보였거든. 우린 끝까지 방향이 다르구나. 하하! 나중에 다시 만나면 우리가 어떻게 달라져 있을지 궁금해진다."

수림이 새롭게 시도하고 싶은 일은 주인 없는 바다, 그러니까 도시와 거리가 먼 곳으로 나아가서 유실된 데이터를 찾는 일이라고 했다. 미래를 생각하며 사는 것도 좋지만 과거에 있던 걸 돌아보는 것도 좋겠다면서. 심해수영의 유래를 세세하게 알아보고 싶은 마음이 가장 크다고도 말했다. 바닷속에 잠든 걸 찾겠다는 말은 결국 수림이 다시 바다로 오겠다는 말 같아서, 나도 기대하게 되었다.

운하는, 무슨 일이 있어도 훈련만큼은 빠지지 않던 운하는 일주일간 꼬박 모습을 드러내지 않았다. 유이와 따로 만나서 다투는 것 같더니, 훈련까지 나오지 않을 줄은 몰랐다. 내 생각에는 유이가 진화 촉진제 도난 신고를 철회해서 그런 듯했다. 운하가 아무리 자진 신고를 해 봤자 촉진제는 도핑 효과도 없는 데다 물건의 주인이 도둑맞은 적 없다고 하니, 그 어디서도 운하에게 잘못을 따지지 않았다.

차라리 실격 처리를 받겠다던 운하는 딱 일주일이 지난 월요일에 수척해진 얼굴로 훈련장에 나타나 묵묵히 훈련에 임했다. 아직 스스로 그만둘 용기는 없는 건지, 유이의 결정을 거스르지 못하는 건지. 나로서는 운하를 더욱 알 수 없게 되었다.

유일과 유이는 큰 변화가 없었다. 웬일로 개인 훈련까지 열심히 나오나 싶던 유일은 잘 보이려던 애가 다른 사람이랑 사귀게 되었다며 다시 삐질거렸다. 노력하던 이유도, 그걸 그만둔 이유도 지극히 유일다웠다. 유이는 한동안 운하 때문에 마음고생을 하더니 얼마 지나지 않아 평소 같은 얼굴로 돌아왔다. 운하와의 대화는 잘 마무리했으며 대회 끝날 때까지 아는 척도 않을 작정이라고 했다.

우주는 스레드 활동을 끊겠다고 선언했다. 이전부터 이상한 사람이 하도 꼬여서 원래부터도 질리던 참이라는 이야기를 덧붙이면서. 하지만 사소하고 반짝이는 일상을 기록하는 걸 좋아하는 우주의 성격상 스레드를 완전히 그만두기는 어려울 것 같았다. 나는 그 생각을 굳이 표현하지 않고 우주가 괜찮아질 때까지 기다리기로 했다. 우주가 자신의 생각을 기록하고 자신을 드러내는 게 혜도 같은 사람을 끌어들인 이유가 되지는 않는다. 잘못은 혜도가 한 거지, 우주가 한 게 아니니까.

그리고 마지막으로, 나.

나는 1분 3초대에 아슬아슬하게 머물러 있었다. 혹여나 1분 20초대로 떨어지기라도 할까 봐 조마조마하며 1분 10초대를 간신히 유지하던 나로서는 엄청난 발전이었다. 한창 성장하던 초등학생, 중학생 때도 이렇게까지 기록이 빠르게 줄어들어 본 적이 없었다. 자신감이 붙었다. 할수록 나아지니까 욕심이 생긴 것도 사실이었다. 이대로라면 1분대도 넘어설 수 있겠다는 생각이 들던 찰나, 빠르게 줄어들던 기록이 제자리에서 뚝 멈춰 버렸다. 원래부터 1분 3초대까지만 줄어들 예정이었던 듯이.

요령을 살려서 몇 번 더 레인을 돌아봤지만 달라지지 않았다. 하루를 꼬박 연습하고 '어쩐지 조금만 더 하면 될 것 같을 때'쯤이면 꼭 훈련 시간이 끝났다. 원래 같았으면 레인에 남아서 그 모호하고 아리송한, 신기루 같은 감각을 붙잡으려고 계속해서 팔을 뻗었겠지만 지금의 나는 그러지 않는다. 내가 레인에서 붙잡으려던 것이 마땅한 보상이 아닌 나에 대한 기대감이라는 걸 알게 되었으니까.

나는 내가 더 대단한 사람이기를 원했고, 그 기대를 충족하기 위해 스스로를 몰아붙였다. 누군가는 될 때까지 노력하면 결국 성공할지 몰라도 나는 그렇지 않다는 걸 알았다. 나에게는 휴식이 필요했고 나를 돌아볼 여유가 부족했다. 이제는 내가 어디에 있고, 정확히 무엇을 하고 싶은 건지 알아 가야 할 때였다.

새벽까지 하던 개인 훈련을 그만두니 여유 시간이 생겼다. 나는 친구들과 더 자주 만났고 거기엔 수림도 함께였다. 우리끼리 평소 하던 영화 보기나 시내 놀러 가기에 수림이 합류할 때도 있고, 반대로 수림이 청운시의 어디를 관찰하러 가는지 나와 우주, 유일, 유이가 따라갈 때도 있었다. 쉴 새 없이 웃는 날이 있는가 하면 만나 놓고도 그다지 하는 일 없이 시간을 보내기만 하는 날도 있었지만, 더는 그 시간이 아깝거나 초조하게 느껴지지 않았다.

"수림, 해파리 농장 어땠어?"

"평생 볼 해파리는 거기서 다 본 것 같아. 진짜 대단하더라! 거기서 내내 로그 남기느라 지금 메모리 용량이 꽉 찼어."

"심해수영 대회도 찍어야 할 텐데 어떡하려고?"

"그러니까. 아무리 봐도 지울 만한 게 없어서 큰일 났어, 지금."

수림은 주말을 포함해서 삼 일간 자리를 비웠다. 교환 학생 기간 중 마지막 체험 학습이었다. 고산종 학생 전체가 다녀오는 프로그램이었고 버디는 동행하지 않았다. 그새 수림과 함께하는 게 익숙해졌는지 수림이 없는 동안 허전한 느낌이 들었다.

수림이 해파리 농장에서 돌아온 다음 날, 우리는 다 같이 모여서 보드게임을 했다. 각자 직업을 고른 뒤 용궁을 찾아 떠나는 내용이었다. 용궁을 찾는 이유 또한 각자 달랐다. 그런 세세한 설정까지는 제대로 읽어 본 적 없지만.

유일이 주사위를 굴리자 유일의 캐릭터가 세 칸 앞으로 갔다. 유일의 캐릭터와 마주칠 위기에 처하자 우주가 심각한 얼굴로 판을 지켜봤다. 유일이 고른 캐릭터는 커다란 대검을 들고 말을 탄 중세 기사 모습이었다. 용궁을 찾는데 말을 타고 있다는 게 설득은 안 됐지만, 이건 게임이니까.

—거대한 바위가 길을 가로막고 있습니다. 지나가려면 치워야 합니다. 주사위 값에 따라 결과 판정.

"아, 제발! 이번엔 제발!"

유일이 주사위를 굴리는 동안 수림은 해파리 농장이 어땠는지 들려주었다. 나도 어릴 때 해파리 농장에 가 봤는데, 해파리만 엄청 많아서 중간부터는 지루했던 기억이 있었다. 그런데 수림은 모든 것이 놀랍고 멋졌다며 연신 감탄을 섞어 가며 말하기 바빴다.

"난 당연히 몸통은 동그랗고 밑에 촉수가 늘어지는 모습의 해파리만 상상했거든? 근데 세모난 것도 있고, 촉수가 사방으로 난 것도 있고, 진짜 신기하게 생긴 게 많더라. 게다가 해파리는 호흡도 세포로 한다며? 물에서 절대 숨 막힐 일은 없겠던데?”

“뭐? 하하, 그러네. 해파리는 물에 빠져 죽을 일은 없겠다. 모파랑 유일만큼 진화한 애들이 많다곤 해도, 온전히 수중에서만 지내려면 아직 더 진화해야 한다잖아. 우리는 사실 해파리와 닮아 가고 있는 걸지도 몰라.”

유이가 말했다. 물에 빠져 죽는다니 이상한 말이었다. 태어나는 순간부터 온 세계가 물에 잠겨 있는데, 물속에 있는 것만으로도 죽을 이유가 될 수 있다는 걸까.

물에서 숨이 막힌다는 건 수림과 유이이기 때문에 할 수 있는 생각인 것 같았다. 나는 유이네 집 특유의 건조한 공기를 쭉 들이마시고, 내쉬어 보았다. 기관지가 살짝 마르는 기분이 들었다. 고산 지대에 가면 훨씬 심하려나. 평생 가 볼 생각도 없었던 고산 지대가 처음으로 궁금해졌다.

우리는 각자 호흡하는 법이 달랐다. 그렇기에 환경에 적응하는 건 온전히 자신의 몫이었다. 숨을 쉬기 위해서 보조 기구를 쓰는 것도, 헬멧을 쓰는 것도 괜찮았다. 그저 자신에게 보조 기구와 헬멧이 필요하다는 걸 알기만 하면 되었다.

날개가 달린 유이의 캐릭터가 움직이고, 나무를 닮은 수림의 캐릭터가 움직였다. 곧이어 꽃을 한 아름 안은 우주의 캐릭터도 움직였다. 우리는 각자 다른 방향에서 출발해서 서로 점점 가까워지고 있었다. 마주칠 수도 있고, 이대로 스쳐 지나갈 수도 있는 구간이었다. 누가 가장 먼저 용궁에 도착할지는 아직 아무도 몰랐다.

“모파, 네 차례야!”

“어어.”

나는 주사위 두 개를 굴렸다. 10. 내 캐릭터가 움직였다. 내가 고른 캐릭터는 선장 모자를 쓰고 손에는 망원경을 들고 있었다. 캐릭터가 세 갈래 길에 섰다. 직진하면 보상이 좋은 대신 체력이 많이 깎이고, 오른쪽 길로 가면 조금 돌아가는 대신 보상을 알 수 없었다. 그게 좋은지 나쁜지는 각 칸에 멈춰 봐야 알았다. 왼쪽은, 체력 회복과 보조 아이템 수집만이 가능한 구간이었다.

내 캐릭터의 체력은 열세 칸 중 여섯 칸이 남아 있었다. 평소에는 체력 좀 깎이면 그만이라며 무조건 직진했을 텐데 이번엔 다르게 해 보고 싶어졌다. 하지만 완전히 안전한 구간은 성정에 맞지 않는다. 나는 무엇이 있는지 알 수 없는 오른쪽 길로 내 캐릭터의 방향을 돌려놓았다.

“모파, 웬일이야? 위험해도 빠른 길로만 가더니.”

“새로운 시도도 해 봐야지. 매번 똑같이 흘러가면 재미없잖아.”

“그건 그러네.”

우주가 웃으며 캐릭터의 방향을 바꿨다. 꼭 수집부터 해서 체력과 아이템 칸을 꽉 채워 놓곤 하던 우주는 직진을 선택했다.

　대회까지는 약 2주가 남았다. 나는 나를 빠르게 쏘아 보내는 것이 아니라 단단하게, 아니지, 유연하게 만들어 가고 있었다. 어딘가에 부딪혀 부서질 바위가 아닌 바다를 유영하는 해파리가 되기 위해서. 어디로 흘러가더라도 여유롭게 숨 쉬며 살아가고 싶어졌다. 내가 할 수 있는 일을 하면서.

푸른 물살을 거슬러

태평 심해수영 대회 예선은 청운 스타디움에서 열렸다. 스타디움은 청운시의 전체 지도를 봤을 때 훈련 시설 단지의 남서쪽에 있었다. 사람이 없을 때는 스타디움도 청운 타워 못지않게 휑하지만 지금은 각종 꽃과 깃발로 꾸며진 데다 기념품 매대와 길거리 음식점이 줄지어 섰고, 경기를 응원하러 온 사람들로 바글바글했다. 대양 단위의 대회인 만큼 예선부터 화려했다.

응원복을 맞춰 입은 무리도 꽤 자주 보였고, 스타디움에는 이미 강렬한 조명이 켜져 있어 근처의 바다가 온통 밝았다. 초지시와 해원시에서 손에 꼽는다는 고등부 선수가 전부 청운시로 모여들었다. 가끔 어디서 본 얼굴이 지나갈 때마다 수림은 '방금 봤어?' 하며 내 팔을 잡고 흔들어 댔다.

"아직도 놀랄 게 남았다고? 아니, 그보다 저 사람들 나랑 같은 경기에서 뛴 적도 많은데? 왜 나하고 만났을 때는 안 신기해했어?”

“그야 해원시랑 청운시에서 온 데이터는 저화질이라서 잘하는 건 알겠어도 얼굴까진 안 보였단 말이야. 근데 초지시 선수들은 영상에 얼굴이 아주 뚜렷하게 나와서 내가 다 외워 버렸다고. 연예인 보는 기분이야!”

“허.”

수림은 내내 영상 촬영 모드를 켜 놓고서 이 순간을 조금이라도 더 눈에 담겠다며 두 눈을 부릅뜨고 돌아다녔다. 나와 엄마, 이모, 미류가 그 뒤를 따라갔다.

예선이 시작되기 전, 세윤고 심해수영부 모두가 스타디움 앞에 모여서 사진을 찍었다. 대양 대회에 세윤고 학생이 셋 이상 나가게 된 게 오 년 만의 일이라며 그동안 실제로 만난 적 없었던 학교 애들과 교감 선생님까지 와서 저마다 대회를 기대한다는 말을 했다. 분위기만 봐서는 예선이 아니라 벌써 본선 진출이라도 한 것 같았다.

다른 사람들은 전부 관객석으로 올라가고 나와 운하, 유일만 선수 대기실로 이동했다. 유일은 언제나 그랬듯 태평한 모습이었고 운하는 오늘따라 얼굴이 창백했다. 말이야 언제 봐도 없었다지만, 중요한 대회 날 표정 관리조차 못 하는 모습은 처음 봤다.

나는 운하에게 말을 걸지 말지 고민하느라 머뭇거렸다. 원래도 운하와 대화를 많이 하는 편은 아니었던 데다 촉진제 일 이후로

제대로 마주한 적이 없어서 어쩐지 어색했다. 지금 같은 상황에
는 괜찮냐고 물어봤자 쏘아붙이는 소리를 듣거나 무시당할 거란
생각이 들어 말 거는 건 그만뒀다. 알아서 잘할 운하이기도 했고,
솔직히 용기가 안 나서 핑계라도 대고 넘어가고 싶었다.

의외로 먼저 말을 건 것은 운하였다. 유일이 먹을 걸 좀 사 오겠
다며 잠깐 자리를 비웠을 때였다. 운하는 나와 둘만 남을 때까지
기다린 것 같았다.

"모파."

"으, 응?"

운하가 먼저 말할 줄은 몰랐기 때문에 나는 조금 말을 더듬으며
대답했다. 운하는 눈썹만 한 번 까딱하고는 본론을 바로 꺼냈다.

"나, 오늘도 약 안 먹었어. 불안해서 먹던 영양제, 몸에 좋다는
것들까지 다 끊고 지냈어."

"어? 아아. 그런 거였어? 도핑으로 걸리는 성분은 원래도 없었
으니까 영양제는 괜찮지 않나? 게다가 촉진제 얘기는 어차피 유
이가 신고 안 하기로 했고……."

"신고당할까 봐 그러는 거 아니야. 의존하기 싫어서 그래. 내가
얼마나 불안한지, 그리고 불안을 잘못 대하면 얼마나 못나지는지
알게 됐거든."

운하는 진지했다. 막히지 않고 말하는 걸 보니 알겠다. 운하도
지난 일을 곱씹고 몇 번이나 되뇌면서 나에게 하고 싶은 얘기를

정리했을 것이다. 나는 운하가 하는 말을 믿기로 했다. 운하의 표정을 보면 믿을 수밖에 없었다.

"의존하지 않기로 했다는 건 좋네. 내가 겪어 보니까, 다른 것에 기대기 시작하면 끝도 없더라. 사실상 나아지지도 않고."

"응, 나아지질 않더라. 나에 대한 믿음도 점점 떨어지고. 그래서 오늘은 못하더라도 끝까지 해 보고 싶어. 내 힘으로. 컨디션은 최악이지만, 이게 약을 안 먹어서 그런 게 아니란 것쯤은 나도 아니까."

운하는 피로한 얼굴이었지만 내 눈에는 어느 때보다 단단해 보였다. 안 그래도 잘하는 애가 잘못을 인정하는 것까지 잘하다니. 역시 봐도 봐도 멋지고 질투 난다.

나는 운하를 질투해 왔다는 걸 받아들였다. 한번 인정하고 나자 그 마음은 더 이상 나를 좀먹지도, 스멀스멀 번져 나가지도 않았다. 그저 작은 질투심으로 두고 넘어갈 수 있는 거였다.

"그래, 잘해 봐. 너도 나만큼이나 훈련 중독이면서 뭘 그래? 약 같은 거 말고 네가 해 온 연습량을 믿어."

좋은 말 같은 건 해 주고 싶지 않았지만 그동안 봐 온 게 있으니 침묵하기가 더 어려웠다. 운하는 작게 웃으면서 나에게 고맙다고 인사했다. 드문 모습이었다. 얼굴색도, 표정도.

아마 운하가 보기에도 내 모습이 이전과는 달랐겠지. 운하를 응원하는 내 마음이 새로운 형태를 띠고 있었으니까. 친밀하진 않아도 가까운 곳에서 함께해 온 운하가 그 사실을 몰랐을 리 없다.

'좋아, 모파. 네가 해 온 연습량을 믿어.'

내가 운하에게 한 말을 누군가 나에게도 해 준다면 얼마나 좋을까. 아쉽지만 나에게는 내가 덕담을 해 줘야겠다. 나는 긴장되어 죄어 오는 속을 풀려고 몇 번이나 심호흡하면서 레인 앞에 자리를 잡았다.

거칠게 돌아가는 물살이 금방이라도 나를 튕겨 낼 것 같았다. 이곳에서 본 레인은 폭풍의 단면을 잘라서 보는 것만 같았고, 결코 만만하지 않았다. 나는 슬쩍 고개를 돌려 관객석을 봤다.

관객석 2층에는 오늘도 어김없이 하이퍼폰을 펼쳐 놓고 날 촬영하는 우주, 그 옆에 순서대로 앉아 있는 수림, 유이, 유이네 엄마와 아빠, 그리고 우리 엄마, 이모, 미류까지. 기껏해야 예선인데 뭐 하러 다 같이 오냐고 말했지만, 정작 나를 응원해 주는 사람이 한곳에 모여 있으니 든든했다.

관객석 1층에는 대회를 관전하러 온 심해수영부 애들, 코치님, 학교 선생님들이 있었다. 나와 눈이 마주치자 코치님이 주먹을 쥐어 보였다. '파이팅!' 하면서.

테이크 유어 마크.

소란스러운 웅성거림이 온 물결에 퍼져 있었다. 관객들의 기대감과 근처 선수들의 긴장감이 전부 느껴졌다. 각자의 몸에서 나

236

는 열기 때문에 이곳의 물은 다른 곳보다 미적지근했다. 아니, 뜨거웠다.

나는 벽에 붙은 출발대에 두 발을 붙인 뒤 출발대 끝을 두 손으로 잡고서 몸을 팽팽하게 긴장시켰다. 당장이라도 쏘아져 나갈 듯 온몸을 당기던 그 순간, 출발 신호가 떨어졌다.

두 발을 강하게 박차면서 손끝부터 레인으로 진입했다. 아차, 출발이 조금 늦었다. 몸이 살짝 흔들려서 처음부터 물살을 말끔하게 가르지 못했다.

'괜찮아.'

하지만 괜찮았다. 나는 이제 더 이상 시작이 완벽하지 않다고 해서 뒤에 따라올 모든 걸 포기하지 않는다. 아직 경기는 끝나지 않았다. 그러니까 망한 것도 아니다.

레인 안의 강한 물살이 나를 밀어냈다. 나는 급하지 않게 팔을 돌리며 물을 거슬러 나아갔다. 아가미를 타고 들어왔다 나가는 물살이 시원했고, 날것의 냄새가 났다. 조금 느린 듯한 기분이 들었지만 억지로 발을 더 구르지는 않았다. 근처의 선수들을 의식하지 않으려고 애썼다. 평소 내가 하던 대로. 나는 내가 훈련해 온 시간을 믿었다.

손끝에 감기는 물의 감각이 선명했다. 제대로 물을 밀어내는 데에만 집중하다 보니 어느새 레인의 꼭대기에 다다랐다. 레인에 진입할 때와는 몸의 방향이 완전히 정반대로 뒤집어지는 구간이었다.

나는 문득 고개를 들어 나의 머리 위를 보았다. 선수들은 지나칠 일이 없는 레인의 눈. 그곳에서 일렁이는 물결에 나의 모습이 비쳤다. 나는 차근차근 나의 경기를 하고 있었고, 꽤 편안해 보였다. 그런 내 모습이 마음에 들었다.

억센 힘이 계속해서 나의 몸을 반대 방향으로 떠밀었지만 나는 눈앞의 물이 아닌 도착 지점만을 바라봤다. 내가 레인의 모든 물살을 억지로 가르고 뛰어넘을 수는 없었다. 하지만 물살의 약한 부분을 골라 파고들고, 좀 더 수월하게 나아갈 방법을 찾는 건 가능했다. 주변을 살필 여유만 있다면 얼마든지 가능한 일이었다.

도착점에 다다랐을 때는 나보다 먼저 벽을 짚은 선수가 세 명이나 있었다. 나는 고개를 들어 전광판을 봤다. 56초 89. 예선전을 통과할 기록으로는 턱없이 부족했다. 하지만, 나는 그토록 나를 시달리게 하던 1분의 벽을 깼다. 저건 내가 최근 얻은 기록 중 최고였다.

"모파!"

친구와 가족들이 나에게 손을 흔들었다. 나는 활짝 웃으면서 그들을 향해 손을 흔들어 주었다. 속이 뻥 뚫린 기분이었다. 오랫동안 붙들고 있던 일을 그만두기 딱 좋은 날이다.

나는 예선에서 탈락했다. 56초 89는 대양 단위 대회의 본선에
진출할 정도는 되지 못했다. 운하는 개인 기록 중 최악의 점수
로 예선을 통과했고, 유일은 웬일로 기복 없이 컨디션을 유지하
며 예선 통과했다. 나만 본선에 나가지 않게 됐지만 아무렇지 않
았다.

"본선 구경하러 갈게."

경기장에서 나오기 전에 나는 운하에게 그렇게 말했다. 그때까
지 지켜보겠다는 의미로. 내 말의 의미를 알아들은 건지, 운하가
소리 내서 웃었다. 아까보다 풀어진 표정을 보니 마음이 놓였다.
분명 저 애는 끝까지 나아갈 것이다. 다른 것에 기대지 않고도 충
분히 잘할 수 있는 선수라는 걸 안다. 내가 보아 온 운하는 그런
사람이었다.

경기를 마치고 모두 모여 식사하는 자리에서 나는 폭탄을 하나
날렸다. 건너편에는 왼쪽부터 엄마, 이모, 미류, 유이, 유일이, 이
쪽은 수림, 나, 우주, 유이네 엄마와 아빠가 있었다. 단수가 되는
식당이라 모두의 모습이 평소보다 선명하게 한눈에 들어왔다.

"저 심해수영 그만두려고요."

모두가 눈을 휘둥그렇게 뜨고 날 돌아봤다. 아, 산호 볶음 퍼먹
느라 바쁜 유일 빼고.

너 진심이야? 계속 열심히 했잖아. 선수 꿈꾸는 거 아니었어?
모파, 올해 많이 힘들었어서 그래? 오늘 기록도 좋았고 이제 올라

갈 일만 남았는데.

대체 왜?

……그런 말이 나올 거라고 생각했는데, 내 예상과는 다른 대답이 가장 먼저 나왔다.

"잘 생각했네!"

이모였다. 이모는 다음 주에 초지시로 이사할 예정이었다. 본선 때 보러 오겠다던 약속이 없는 일이 됐는데, 아쉽다기보다는 반가워 보이는 표정이었다.

"너 심해수영 한다고 주말에 이모랑 만나 주지도 않고 말이야. 이참에 좀 여유롭게 지내고, 잠도 폭 자고. 여름 방학 때 이모네 집 놀러 와."

"무슨 반응이 그래? 내가 오랫동안 하던 일을 그만두겠다는데 아무렇지도 않아?"

나만 어이없다는 듯 웃고, 다른 사람들은 이모의 말에 동감하는 분위기였다.

"오랫동안 하던 일이라고 해서 억지로 계속할 필요는 없어."

미류가 하이퍼폰에 시선을 고정한 채 말했다. 어린애가 어른스러운 척을 한다고 한마디 하려는데, 엄마가 곧장 다음 말을 하는 바람에 끼어들지 못했다.

"그래! 안 그래도 부담이 심한 것 같아 걱정이었어. 엄마는 네가 하고 싶은 일을 잘 찾아 가면 좋겠어."

의외로 내 심해수영 중단 선언은 그다지 큰 반응을 얻지 못했다. 예상 질문에 대한 답변도 나름 준비했는데 이렇게 쉽게 넘어갈 줄은 몰랐다.

내가 심해수영을 그만두는 게 그렇게까지 충격적이지도, 모두가 뒤집어질 만한 일도 아니었다니. 얼떨떨하기도 하고, 조금 서운한 마음도 들었다. 붙잡길 바란 것도 아니면서 서운하다니 나도 내가 뭘 원하는 건지 잘 모르겠다.

긴 테이블에 각종 해산물 요리가 나왔다. 우리는 먹고 싶은 음식을 덜어다 먹으면서 두셋씩 모여 하고 싶은 이야기를 나눴다. 엄마와 이모는 초지시에 봐 둔 집이랑 미류 학교 얘기를 했고, 미류와 유이, 유일은 오션소프트가 다음 게임기의 주 기능을 터치로 만들지 홀로그램으로 만들지 토론하느라 바빴다. 유이네 엄마, 아빠는 회사에서 연락이 와서 하이퍼 통신 접속 중이었다.

"처음 여기 와서 적응 훈련 받을 때는 이러다 중도 포기하는 거 아닌가 싶었는데, 벌써 집 갈 때가 됐다니 믿기지 않아. 아직 다 돌아보지도 않은 것 같은데!"

"해파리 농장 다녀왔으면 다 본 거지, 뭐."

"맞아, 모파네랑 캠핑도 다녀왔다며? 이 동네는 해파리 농장이랑 캠핑이 다야. 더 있으라고 하면 지겨워서 못 지낼걸?"

"에이, 놀러 온 거라고 생각하면 그렇지! 근데 너희랑 계속 학교 다니면 좋을 것 같아. 나 수영도 제법 늘었는데 어떻게 안 되려나?"

"돌아가서 심해 데이터 사업인가? 그거 하겠다더니. 안 하려고?"

"심해 데이터 '복원' 사업! 당연히 할 거야. 그래도 마음이 아쉽다는 거지! 가만 보니까 너희들은 하나도 안 아쉬운 것 같다? 나만 아쉬운 거야, 지금?"

"흠, 뭐라고 대답할까?"

"흠."

"야아!"

나와 우주가 짓궂게 놀리자 수림이 서운한 소리를 냈다. 우리는 막 웃으면서 수림을 달랬다.

"당연히 아쉽지. 한동안 등교할 때마다 생각날걸."

"다 같이 모여서 영화 볼 때도."

"특히 SF 영화. 우주복 보면 수림 생각날 것 같은데?"

7주는 결코 짧은 시간이 아니었다. 우리는 다 같이 했던 일들을 떠올리면서 지난 이야기를 주고받았다. 이제 나는 심해수영 선수로서 한계를 느꼈다는 것도, 수림을 처음 만난 날에 많이 불안했다는 것도 자연스레 말할 수 있게 되었다.

"사실 그때 우주 너한테 말하기가 좀 힘들었어. 내가 더는 선수로 지낼 수 있을지 모르겠다고 말하는 게 약한 소리 같았으니까. 그래서 잠깐 만난 수림에게만 털어놨던 건데, 지금 생각해 보면 우주 네가 서운했을 것 같더라."

"그럴 수도 있지. 오히려 옆에서 오래 지켜본 사람에게 말하기가 더 힘든 문제였을 테니까."

우주가 조용히 웃으면서 말했다. 나의 첫 번째 팬. 나를 가장 응원해 주던 우주는, 심해수영 선수가 아니게 된 나의 선택도 항상 응원하겠다고 했다. 그런 우주의 마음이 날 든든하게 떠받쳐 주었다.

"그런데 모파, 정말 괜찮겠어? 심해수영을 그만두는 것만큼은 절대 싫다고 했잖아. 다른 건 뭘 해야 할지 모르겠다고. 물론 다시 생각해 보라거나, 네가 심해수영을 계속했으면 좋겠다고 말하려는 건 아니야. 지금 네 마음이 괜찮은지 물어보고 싶어서."

"당연히 괜찮지!"

우주의 질문에 나는 망설임 없이 대답했다.

"누가 그러는데, 세상에 할 수 있는 일은 많고 그중에서 내가 처음부터 잘할 수 있는 일은 없다고 봐야 한다더라."

내 말을 들은 수림이 씩 웃었다.

"그래서 나도 뭐든지 해 보려고. 당연히 못할 거라는 생각으로."

그렇게 나는 청소년기의 대부분을 쏟아부은 심해수영을 포기하게 되었다. 그건 내가 상상하던 것처럼 끔찍하지도, 당장 내 인생을 뒤흔들 만큼 절대적이지도 않았다. 심해수영이 일상에서 빠져나간다고 해서 나라는 사람이 텅 비거나 아무것도 아니게 되는 건 아니었다.

다만 훈련으로만 보내던 시간을 어떻게 보내야 할지 고민이 되기는 했다. 심해수영을 그만둔 직후에는 한동안 잠만 자거나 다른 사람들의 스레드를 구경하며 지냈다. 전에 봤던 영화를 빌려다 밤새 보기도 했고, 어려워서 깨지 못했던 게임을 다시 시작해 보기도 했다.

이전 같았으면 내가 여름 방학을 아무렇게나 흘려보냈다며 뒤늦게 후회했을지도 모른다. 하지만 난 살면서 아주 오랜만에 치열하지 않은 방학을 보냈고, 그 시간이 제법 마음에 들었다.

'수림이 있었으면 좋았을 텐데.'

심해수영보다는, 집에 수림이 없는 게 아쉬울 때가 생각보다 많았다. 이럴 줄 알았으면 처음부터 수림과 잘 지내는 건데. 수림과 만나기로 한 겨울 방학이 기다려졌다.

나는 아직 내가 무슨 일을 하고 싶은지 잘 모르겠다. 하지만 한 가지는 확실하다. 난 다른 사람과 경쟁하는 일이 적성에 맞지 않는다. 여러 사람의 시선을 받는 일도 마찬가지다. 나는 조용히, 혼자서 할 수 있는 일을 찾고 싶다.

아직 아무것도 정해지지 않았지만 불안하지 않았다. 심해수영이 빠져나가고 빈자리가 생긴 만큼 새로운 것이 나를 채워 줄 거라고 믿으니까. 이미 수많은 색깔과 물살이 나를 촘촘히 메워 가고 있었다.

이건 내 인생 첫 번째 실패에 관한 이야기다. 앞으로도 크고 작은 도전을 하면서 모든 노력에 보상받지 못할지도 모른다. 조금 더 솔직히 말하자면, 반드시 성공만 할 수는 없다.

하지만 내가 보낸 시간이 아무런 의미가 없는 건 아니다. 실패를 받아들이면서 나는 달라졌다. 긴장을 낮추기 위해 불행한 생각을 덜어 놓는 연습을 했고 몸에서 힘을 풀고 나아갈 줄 알게 되었다. 사소하지만 나에게는 쉽지 않은 일이었다. 그러니 앞으로도 무슨 일을 하든 엄청나게 대단한 성장이나 성취를 얻게 되지 않아도 괜찮다. 내 손끝으로 모은 물결 하나하나가 언젠간 거대한 물살이 될 거라 믿으니까.

뭐, 반드시 물살을 이루지 않아도 괜찮고. 나는 이미 헤엄치면서 즐거웠으니까.

"초지시에서 만나자!"

겨울 방학에 우리는 다 같이 초지시에 가기로 했다. 그날이 다가올수록 설레는 마음이 커져만 간다. 어쩐지 초지시에서 내 인생이 달라질지도 모른다는 예감이 든다.

새로운 파도가 끝없이 나를 향해 몰려오고 있다. 나는 모든 파도를 맞이할 준비가 됐다.

어쩌면 모파와는 이미 옛날에 만난 적 있을지도 모르겠다.

고등학생 때 소설을 써 보려고 공책을 한 권 마련했다. 별다른 시놉시스도, 주인공에 대한 고민도 없이 무작정 도입부터 써 내려갔다. 그때 무엇을 쓰고 싶었고 어디로 나아가려 했는지는 가물가물하지만, 이것만은 아직도 또렷하게 기억난다. 물속에 사는 인물이 물 밖으로 나가기 위해서 높은 산을 따라 걸어 올라가는 장면이다.

그 인물은 심해에서부터 해수면에 닿을 때까지 산을 오른다. 물속인데 왜 수영을 하지 않았는지는 모르겠다. 거기까지 생각해 본 적 없었던 것 아닐까.

할머니의 병을 고치기 위한 방법을 찾아가던 그 아이와 『파란파란』의 주인공 모파는 어딘가 닮은 듯하다. 단순히 미래 지구의 바닷속이라서 그런 것만은 아니다. 앞만 보며 나아가는 모습, 위로 올라가고자 하는 마음이 둘을 닮아 보이게 만든다.

모파와 친구들의 이야기를 쓰면서 불안에 대해 가장 많이 고민했다. 중반부까지 모파는 심해수영을 잘하고 싶어 하는 것처럼 보이지만 사실은 자신이 심해수영 외에 무엇을 할 수 있을지 몰라서 방황하는 상태에 가깝다. 수림은 한 가지 일에 마음을 붙이지 못하고, 우주는 친구 관계 문제로, 운하는 최고에 대한 집착 때문에 각자의 상황 안에서 헤맨다.

세상은 이미 완성된 풍경화와 같고 '나'라는 퍼즐 조각이 들어갈 자리가 없다고 느끼는 분들께 이 책이 조금이나마 위로가 되기를 바란다. 으레 드는 생각처럼 모든 것이 반드시 합리적인 이유로 존재하는 것도, 특별한 목적의식이나 필요에 부합하기 위해 살아가는 것도 아니라는 말을 전하고 싶었다.

어른들이, 혹은 이미 사회적으로 성공했다고 인정받는 사람들이 아무리 조언하더라도 나에게 온전히 와닿지 않을 때가 있다. 이건 나의 고유한 인생이기에, 누군가에게는 진부할지 몰라도 나에게는 낯설고 치열한 고민과 선택의 과정이다. 다른 사람이 대신 살아 줄 수는 없는 노릇이다.

모두가 초등학교부터 고등학교까지 다닌 뒤 대학에 가는 것이 의무처럼 여겨지고, 도전과 실패, 휴식을 두려워하는 사회 안에서도 당신이 당신 자신일 수 있기를. 대단하지 않은 일상을 가꿀 만큼의 단단함을 가질 수 있기를 바라는 마음을 파도에 실어 보낸다.

오랜 세월 가족들을 이끌고 지탱해 주신 엄마께 가장 먼저 감사와 사랑을 보낸다. 혼자서 해내기에는 어렵고 고된 일들이 많았음을 안다. 내가 아는 것은 일부에 불과하겠지만, 그럼에도 이렇게 마음을 전해 본다.

이제는 엄마의 든든한 동반자이자 내게도 여러 도움 주신 새아빠, 청소년 시절 내 마음의 안식처였으며 이 이야기의 씨앗을 심어 준 이모께 감사드린다.

매번 나의 소설을 가장 먼저 읽어 주고 또 세계를 이루는 데 큰 도움을 주는 한얼에게, 그리고 응원해 준 친구들에게도 고마움을 전한다.

책이 세상에 나올 수 있도록 해 주시고, 좋은 말씀을 들려주신 심사위원 선생님들, 이야기를 선택해 준 청소년 심사단 여러분께 거듭 감사하다고 말씀드리고 싶다. 세세한 눈으로 소설을 살펴 주시고 세계관을 탄탄하게 만드는 데 도움 주신 창비 청소년출판부의 이현선 편집자님과 청소년출판부 편집자분들께도 인사 드린다.

마지막으로 이 책을 끝까지 읽어 주신 당신에게 감사와 응원, 행복을 기원하는 마음을 전한다.

파도는 시시때때로 몰려온다. 마음의 준비가 되었을 때 언제든 올라타기만 하면 된다.

2026년 4월

유지현

창비청소년문학 147

파란 파란

초판 1쇄 발행 | 2026년 4월 10일

지은이 | 유지현
펴낸이 | 염종선
책임편집 | 이현선
조판 | 박아경
펴낸곳 | (주)창비
등록 | 1986년 8월 5일 제85호
주소 | 10881 경기도 파주시 회동길 184
전화 | 031-955-3333
팩스 | 영업 031-955-3399 편집 031-955-3400
홈페이지 | www.changbi.com
전자우편 | ya@changbi.com

ⓒ 유지현 2026
ISBN 978-89-364-5747-1 43810